因為風的緣故

增訂新版

——洛夫詩選（一九五五～一九八七）

洛夫 著

目錄

卷一：靈河

卷二：石室之死亡

卷三：外外集

卷四：無岸之河

卷五：魔歌

卷六：時間之傷

卷八：未集稿

卷一：靈河

石榴樹

假若把你的諾言刻在石榴樹上
枝椏上懸垂著的就顯得更沈重了

我仰臥在樹下，星子仰臥在葉叢中
每一株樹屬於我，我在每一株樹中
它們存在，愛便不會把我遺棄

哦！石榴已成熟，這動人的炸裂
每一顆都閃爍著光，閃爍著你的名字

一九五五・七・十

風雨之夕

風雨淒遲
遞過你的纜來吧
我是一隻沒有翅膀的小船

遞過你的臂來吧
我要進你的港，我要靠岸
從風雨中來，腕上長滿了青苔
哦！讓我靠岸

如有太陽從你胸中升起
請把窗外的向日葵移進房子
它也需要吸力，亦如我
如我深深被你吸住，繫住

一九五五・七・二一

果園

這裏實在綠得太深，哦，園子正成長
成長著金色的誘惑
一些美麗的墜落……

穿過這片深深的蔭覆，四月很濃了
我聽見滿園的果子搖響如風鈴
——一羣星子
　　喊著另一羣星子的名字

不要攀摘，哦，青柯正成長
它伸向我
如你溫婉的臂

一九五五・八・十一

窗下

當暮色裝飾著雨後的窗子
我便從這裏探測出遠山的深度

在窗玻璃上呵一口氣
再用手指畫一條長長的小路
以及小路盡頭的
一個背影

有人從雨中而去

一九五六・二・十四

蝶

法利賽人鎚子上的血跡還沒有乾
你又作了第二個祭品，這是一九五八年
主啊！拔掉你的十字架，我已懺悔
我哭著把春天的一隻腳
　　　　釘在牆上

自以爲完成了一次美的征服
卻不是羅丹所能容忍的
沈思的人比影子還冷

今後我再也不敢給思想以翅膀
怕也被人攫住，然後釘死

一九五六・七・二二

暮色

黃昏將盡，院子裏的腳步更輕了
燈下，一隻空了的酒瓶迎風而歌
我便匆匆從這裏走過
走向一盆將熄的爐火

窗子外面是山，是煙雨，是四月
更遠處是無人
一株青松奮力舉著天空
我便聽到年輪急切旋轉的聲音

這是禁園，霧在冉冉升起
當臉色融入暮色
你就開始哭泣吧
落葉正爲果實舉行葬禮

一九五六・十・五

投影

一

假如有人相遇在海上，你是桅檣，我是雲
眼睛裏常駐留著閃爍，我從你眼中悠悠穿過
以剛落下的那顆星畫弧，然後把落日圈住
哦！好長的手臂，掌心裏正握著我的孤獨

爲趕一陣三月的貿易風，我倆在海上並轡而行
誰知道？有人在這裏不期邂逅，又淡淡地分離
當日影隱沒於島的懸崖下，在海圖上

老船長把我們的回憶以虛線聯起

2

沒有人眞正死過，正如微塵未曾隱失
而墓誌上從來不說什麼，只刻著一些戰爭的舊事
唯獨那夜歌的調子太低，葉子輕輕把哀傷覆蓋
春天碑碣上印著未亡人的齒痕，一個比一個深

鐘鳴了，這裏已被幽冥長滿
黃昏以蔦蘿綴飾，以紙灰綴飾，以那少婦的喃喃
多餘的只是那長長偃臥在落葉上的碑影
一隻鳥從荆棘中驚起，碑影閃進了守墓人的衣袖……

3

所以他們老是埋怨修道院，哦！那些長長的下午

細碎的呢喃，以及懸在兩壁的銀質聖母像的冷肅
我曾想起，修女們的眼睛是意大利的花園
有早晨大麗花的濡濕，月下鬱金香的淡漠

光柱倒垂下來了，祭壇上的半截蠟燭突然熄滅
當有人聽到了那悠遠的鐘聲，曠野的靜默
那眼神就更形赤裸，赤裸得亦如那廊柱的投影
——凡虔誠的都不需要遮蓋

4

誰也不曾注意那幅畫像，她把春天鎖在睫毛裏
牆上的釘子不牢，一張嘴便會把笑摔碎
倘若髮香溢出，人們就會想起那些熟稔的音容
她像是一個久久隱匿在禁書中的故事

我走過總要仰首凝望，期待那主題偶然的呈現
雙眉閃動，她把影子投向我的眼中，情慾正擴展
忽然她髮間燃起一團火，熱焰逼人
當鎖在睫毛裏的春天化爲一片輕煙
我便捧著臉走開……

一九五六・十一・十

卷二：石室之死亡

石室之死亡

一

只偶然昂首向鄰居的甬道，我便怔住
在清晨，那人以裸體去背叛死
任一條黑色支流咆哮橫過他的脈管
我便怔住，我以目光掃過那座石壁
上面即鑿成兩道血槽

我的面容展開如一株樹，樹在火中成長
一切靜止，唯眸子在眼瞼後面移動

移向許多人都怕談及的方向
而我確是那株被鋸斷的苦棃
在年輪上，你仍可聽清楚風聲，蟬聲

2

凡是敲門的，銅環仍應以昔日的炫耀
弟兄們俱將來到，俱將共飲我滿額的急躁
他們的飢渴猶如室內一盆素花
當我微微啓開雙眼，便有金屬聲
叮噹自壁間，墜落在客人們的餐盤上

其後就是一個下午的激辯，諸般不潔的顯示
語言只是一堆未曾洗滌的衣裳
遂被傷害，他們如一羣尋不到恆久居處的獸
設使樹的側影被陽光所劈開

其高度便予我以面臨日暮時的冷肅

二

棺材以虎虎的步子踢翻了滿街燈火
這眞是一種奇怪的威風
猶如被女子們摺疊很好的綢質枕頭
我去遠方，爲自己找尋葬地
埋下一件疑案

剛認識骨灰的價值，它便飛起
松鼠般地，往來於肌膚與靈魂之間
確知有一個死者在我內心
但我不懂得你的神，亦如我不懂得
荷花的升起是一種慾望，或某種禪

12

閃電從左頰穿入右頰
雲層直劈而下，當回聲四起
山色突然逼近，重重撞擊久閉的眼瞳
我便聞到時間的腐味從脣際飄出
而雪的聲音如此暴躁，猶之鱷魚的膚色

我把頭顱擠在一堆長長的姓氏中
墓石如此謙遜，以冷冷的手握我
且在它的室內開鑿另一扇窗，我乃讀到
橄欖枝上的愉悅，滿園的潔白
死亡的聲音如此溫婉，猶之孔雀的前額

57

從灰燼中摸出千種冷中千種白的那隻手
舉起便成爲一炸裂的太陽
當散髮的投影扔在地上化爲一股煙
遂有軟軟的蠕動，由脊骨向下溜至腳底再向上頂撞
——一條蒼龍隨之飛昇

錯就錯在所有的樹都要雕塑成灰
所有的鐵器都駭然於揮斧人的緘默
欲擰乾河川一樣地擰乾我們的汗腺
一開始就把我們弄成這副等死的樣子
唯灰燼才是開始

58

幾乎對自己的驕傲不疑，我們蠢若雨前之傘
撐開在一握之中只使世界造成一陣哄笑

一朵羞澀的雲，雲是背陽植物
牀亦是，常在花朵不停的怒放中呼痛
痛，黏黏地，好像絕不能把它推開一般

兩臂將我們拉向上帝，而血使勁將之壓下
乃形成一種絕好的停頓，且搖蕩如閒著的右腿
閒著便想自刎是不是綳斷腰帶之類那麼尷尬
我們確夠疲憊，不足以把一口痰吐成一堆火
且非童男

59

我已鉗死我自己，潮來潮去
在心之險灘，醒與醉構成的浪峯上
浪峯躍起抓住落日遂成另一種悲哀
落日如鞭，在被抽紅的背甲上

我是一隻舉螯而怒的蟹

前額赤裸，爲承受整個的失敗而赤裸
對於那人，卽使笑笑都是不必要的
潮來潮去，載得動流卻載不動愁
天啦！我還以爲我的靈魂是一隻小小水櫃
裏面卻躺著一把渴死的杓子

60

正午，一匹黑貓在屋脊上吃我們的太陽
有人咆哮，有人握不住掌心的汗
有人擁抱一盞燈就像擁抱一場戰爭
唯四壁肅立如神
穩穩抓住了世界的下墜

我們也偶然去從事收購骨灰的行業
號角在風中，怒拳在桌上
是誰？以從來福線中旋出來的歌聲
誘走我們一羣新郎
刀光所及，太陽無言

一九六三・二

卷三：外外集

煙之外

在濤聲中呼喚你的名字而你的名字
已在千帆之外

潮來潮去
左邊的鞋印才下午
右邊的鞋印已黃昏了
六月原是一本很感傷的書
結局如此之悽美
——落日西沈

我依然凝視
你眼中展示的一片純白
我跪向你向昨日向那朵美了整個下午的雲
海喲，爲何在衆燈之中
獨點亮那一盞茫然

還能抓住什麼呢？
你那曾被稱爲雪的眸子
現有人叫做
煙

一九六五・八・十

灰燼之外

你曾是自己
潔白得不需要任何名字
死之花，在最清醒的目光中開放
我們因而跪下
向卽將成灰的那個時辰

而我們什麼也不是，紅著臉
躲在褲袋裏如一枚贋幣

你是火的胎兒，在自燃中成長
無論誰以一拳石榴的傲慢招惹你
便憤然舉臂，暴力逆汗水而上
你是傳說中的那半截蠟燭
另一半在灰燼之外

一九六五・八・二十

霧之外

一隻鷺鷥
在水田中讀著「地糧」
且繞著某一定點，旋走如霧
偶然垂首
便啣住水面的一片雲

沈思。不外乎想那些
太陽是不是虛無主義者之類的問題
左腳剛一提起，整個身子

就不知該擺在霧裏
或霧外

一展翅，宇宙隨之浮升
清晨是一支閃熠的歌
在霧中自燃
如果地平線拋起將你繫住
　　繫住羽翼呵繫不住飛翔

一九六六・五・二十

泡沫之外

聽完了那人在無定河邊釣雲的故事
他便從水中走來
漂泊的年代
河到哪裏去找它的兩岸？

白日已盡
岸邊的那排柳樹並不怎麼快樂而一些月光
浮貼在水面上
眼淚便開始在我們體內

漣漪起來

戰爭是一回事
不朽是另一回事
臼砲彈與頭額在高空互撞
必然掀起一陣大大的崩潰之風
於是乎
　　這邊一座銅像
　　那邊一座銅像

而我們的確只是一堆
不爲什麼而閃爍的
泡沫

一九六六・八・二七

海之外

海在最鹹的時候我才發現
那蹲在岩石上想心事的人
絕對不是那種說藍就藍了起來的
晚雲

他的茫然
在燈塔裏亮著
再也不能以仰姿泅回去了
因那嵌在沙灘上的背印

已整個被夕陽捲走
他暗地把遠洋沈船的地點
畫在鞋底

一九六七・二・二五

果與死之外

絢爛過一陣子也繽紛過一陣子
我們終於被折磨成一樹青桃

誰的手在撥弄枝葉？陽光切身而入
我們便俯首猛吸自己的乳房
這時，或許一條河在地下從事一種洶湧的工作
在鮮紅的脣上，果核被一陣吻咬開
且用舌尖遞出苦味

只有我能說出死亡的名字
當石磨徐徐推出一顆麥子的靈魂
如一根燒紅的釘子揷在鼓風爐的正午
我們是一籃在戀愛中受傷的桃子
我們把皮肉翻轉來承受鞭打
而任血液
在體外循環

一九六七・二・三十

卷四：無岸之河

清明

——西貢詩抄

我們委實不便說什麼，在四月的臉上
有淚燦爛如花
草地上，蒲公英是一個放風箏的孩子
雲就這麼吊著他走

雲吊著孩子
飛機吊著炸彈
孩子與炸彈都是不能對之發脾氣的事物

我們委實不便說什麼的事物
清明節
大家都已習慣這麼一種遊戲
不是哭
而是泣

一九六七・三・二九

沙包刑場

——西貢詩抄

一顆顆頭顱從沙包上走了下來
俯耳地面
隱聞地球另一面有人在唱
自悼之輓歌

浮貼在木樁上的那張告示隨風而去
一副好看的臉
自鏡中消失

一九六八・四・三

湯姆之歌

——西貢詩抄

二十歲的漢子湯姆終於被人塑成
一座銅像在廣場上
他的名字被人刻成
一陣風

擦槍此其時
抽煙此其時
不想什麼此其時

（用刺刀在地上畫一個裸女
然後又橫腰把她切斷）
沒有酒的時候
到河邊去捧飲自己的影子
沒有嘴的時候
用傷口呼吸

死過千百次
只有這一次他才是仰著臉
進入廣場

一九六八・五・十

城市

——西貢詩抄

想必，它們是生長起來的而且不斷上升
爲樓閣
爲揚塵
爲一幅水墨畫的空白
整個夏季
全城的太陽都在牆上雕著一張臉
他們很兇地戀著愛
之後擦乾身子

之後緩緩舉起手
從喉嚨裏掏出一把黑煙

酒吧開在禮拜六
砲彈開在禮拜三
裝甲車邊走邊嚼著一塊牛肉餅
而機槍是一個達達主義者
把街上的積水
提升爲一片夕陽

所以說
當一排子彈從南門飛到北門
我們把自己點燃在
一盞憤怒的燈裏

一九六八・八・十二

卷五：魔歌

西貢夜市

一個黑人
兩個安南妹
三個高麗棒子
四個從百里居打完仗回來逛窰子的士兵

嚼口香糖的漢子
把手風琴拉成
一條那麼長的無人巷子
烤牛肉的味道從元子坊飄到陳國篡街穿過鐵絲網一直香到

化導院
和尚在開會

一九六八、十・十一

高空的雁行

一二三四五
成單
六七八九十
能不成單嗎？
風起之前
我們擡著天空向南飛

（高射砲彈開黑花
孩子們快回家）

一二三四五
我們在練大字
六七八九十
我們在演算術
一架噴射機把天空吐得那麼髒
弟弟抓起一把雲來擦

（高射砲彈開黑花
孩子們快回家）

一二三四五
我們排著隊
六七八九十
我們報著數

扭頭向右看——
一顆流星劃亮了一個小小的秋
　　（高射砲彈開黑花
　　孩子們快回家）

一二三四五
不要碰撞那顆落日呀
六七八九十
它會把你拖進海裏去
今晚月亮爲什麼只有一半？
報紙說：另一半正在太空中心化驗
　　（高射砲彈開黑花
　　孩子們快回家）

一九七〇・二・二一

舞者

嗆然
鈸聲中飛出一隻紅蜻蜓
貼著水面而過的
柔柔腹肌
靜止住
全部眼睛的狂嘯

江河江河
自你腰際迤邐而東

而入海的
竟是我們胸臆中的一聲嗚咽
飛花飛花
你的手臂
豈是五絃七絃所能縛住的
揮灑間
豆莢炸裂
羣蝶亂飛

升起，再升起
緩緩轉過身子
一株水蓮猛然張開千指
扣響著
我們心中的高山流水

一九七〇・四・五

隨雨聲入山而不見雨

撐著一把油紙傘
唱著「三月李子酸」
衆山之中
我是唯一的一雙芒鞋

啄木鳥　空空
回聲　洞洞
一棵樹在啄痛中迴旋而上

入山
不見雨
傘繞著一塊青石飛
那裏坐著一個抱頭的男子
看煙蒂成灰

下山
仍不見雨
三粒苦松子
沿著路標一直滾到我的腳前
伸手抓起
竟是一把鳥聲

一九七〇・四・六

牀前明月光

不是霜啊
而鄉愁竟在我們的血肉中旋成年輪
在千百次的
月落處

只要一壺金門高粱
一小碟豆子
我們便把自己橫在水上
讓心事

從此渡去

一九七〇・四・十二

有鳥飛過

香煙攤老李的二胡
把我們家的巷子
拉成一綹長長的濕髮

院子的門開著
香片隨著心事　向
杯底沈落
茶几上
煙灰無非是既白且冷

無非是春去秋來

你能不能爲我
在籐椅中的千種盹姿
各起一個名字？

晚報扔在臉上
睡眼中
有
鳥
飛過

一九七〇・七・五

金龍禪寺

晚鐘
是遊客下山的小路
羊齒植物
沿著白色的石階
一路嚼了下去

如果此處降雪

而只見

一隻驚起的灰蟬
把山中的燈火
一盞盞的
點燃

一九七〇・七・六

獨飲十五行

令人醺醺然的
莫非就是那
壺中一滴一滴的長江黃河
近些日子
我總是背對著鏡子
獨飲著
胸中的二三事件
嘴裏嚼著魷魚乾

愈嚼愈想
唐詩中那隻焚著一把雪的
紅泥小火爐

一仰成秋
再仰冬已深了
乾
退瓶也只不過十三塊五毛

後記：此詩寫於我國退出聯合國次日，詩成，沽酒一瓶，合淚而下。

一九七一・十二・十二

心事

我的那件舊襯衣
未經審判
就那麼吊在牆壁的
釘子上

我的頭髮是染過的
我的假牙是編過號的
我的傷口
除了流血之外什麼也沒說

我曾熟讀五經六藝
行事規矩不留長髮
按期繳納房租，報費，分期付款等等
幹麼仍把我的
那件舊襯衣
吊死在
牆上

一九七一．十二．二二

水中的臉

竟然
不相信自己的體溫，我把
雙掌伸入水中
十指輕揮
池面的臉，便一片片
嘩向四岸
月光
在哀傷的另一端

俯首池面
我的臉以水發聲
而鼻子
問號似的虛懸著
於今，長安酒樓上的月亮
是種什麼樣的顏色？
答案
在空白的另一端

水中的面容就是早歲
早歲的自己？問著問著
一株水仙躍起向我撲來
順手抓去
撈起的竟是滿把皺紋
我出神地望著

池中那座舉起一隻精巧小雞雞的
天使
而茫然
在時間的另一端

一九七二・六・十五

長恨歌

那薔薇，就像所有的薔薇，
只開了一個早晨

——巴爾扎克

I

唐玄宗
從
水聲裏
提煉出一縷黑髮的哀慟

Ⅱ

她是
楊氏家譜中
翻開第一頁便仰在那裏的
一片白肉
一株鏡子裏的薔薇
盛開在輕柔的拂拭中
所謂天生麗質
一粒
華清池中
等待雙手捧起的
泡沫
仙樂處處

龗宮中
酒香流自體香
嘴脣，猛力吸吮之後
就是呻吟
而象牙牀上伸展的肢體
是山
也是水
一道河熟睡在另一道河中
地層下的激流
湧向
江山萬里
及至一支白色歌謠
破土而出

III

他高舉著那隻燒焦了的手
大聲叫喊：
我做愛
因爲
我要做愛
因爲
我是皇帝
因爲
我們慣於血肉相見

Ⅳ

他開始在牀上讀報，吃早點，看梳頭，批閱奏摺
蓋章
蓋章
蓋章

從此
君王不早朝

V

他是皇帝
而戰爭
是一灘
不論怎麼擦也擦不掉的
黏液
在錦被中
殺伐，在遠方

遠方，烽火蛇升，天空啞於
一綹叫人心驚的髮式

鼙鼓，以火紅的舌頭
舐著大地

VI

河川
仍在兩股之間燃燒
仗
不能不打
征戰國之大事
娘子，婦道人家之血只能朝某一方向流
於今六軍不發
罷了罷了，這馬嵬坡前
你即是那楊絮
高舉你以廣場中的大風

一堆昂貴的肥料
營養著
另一株玫瑰
或
歷史中
另一種絕症

VII

恨，多半從火中開始
他遙望窗外
他的頭
隨鳥飛而擺動
眼睛，隨落日變色
他呼喚的那個名字
埋入了回聲

竟夕繞室而行
未央宮的每一扇窗口
他都站過
冷白的手指剔著燈花
輕咳聲中
禁城裏全部的海棠
一夜凋成
秋風

他把自己的鬍鬚打了一個結又一個結，解開再解開，然後負手踱步，鞋聲，鞋聲，鞋聲，一朵晚香玉在簾子後面爆炸，然後伸張十指抓住一部水經注，水聲汩汩，他竟讀不懂那條河爲什麼流經掌心時是嚶泣，而非咆哮
他披衣而起

他燒灼自己的肌膚
他從一塊寒玉中醒來

千間廂房千燭燃
樓外明月照無眠
牆上走來一女子
臉在虛無縹緲間

Ⅷ

突然間
他瘋狂地搜尋那把黑髮
而她遞過去
一縷煙
是水，必然升爲雲
是泥土，必然踩成焦渴的蘚苔

隱在樹葉中的臉
比夕陽更絕望
一朵菊花在她嘴邊
一口黑井在她眼中
一場戰爭在她體內
一個猶未釀成的小小風暴
在她掌裏
她不再牙痛
不再出
唐朝的痲疹
她溶入水中的臉是相對的白與絕對的黑
她不再捧著一碟鹽而大呼飢渴
她那要人攙扶的手
顫顫地
指著

一條通向長安的青石路……

Ⅸ

時間七月七
地點長生殿
一個高瘦的青衫男子
一個沒有臉孔的女子
火焰，繼續升起
白色的空氣中
一雙翅膀
又
一雙翅膀
飛入殿外的月色
漸去漸遠的
私語

閃爍而苦澀
風雨中傳來一兩個短句的迴響

一九七二・九

屋頂上的落日

四樓屋頂上
月亮
以三五種晦澀的姿勢下沈
甚至於
甚至於白晝的浮塵，亦
令人苦思不解

而，比秋寒更重的
是未曾曬乾的衣服

是隔壁
自來水龍頭的
漏滴

大地之血

昨夜風起
我們大家都說
枯葉愛火
解凍的河川
閃著軟腰
帶走一大羣魚嬰
所有會唱歌的果子
抱著一棵樹

邊跳邊燃燒起來

一山動　衆山狂嘯

種子，母親的手，水一般執住大地。推開重重巨石的門，子宮內
一條龍在湧動
我們勢將守住此一時刻，芬芳的成長與死亡
我們勢將埋下核，任其成爲大地之血
我們的意義在傷痕的那邊，我們終將抵達的那邊
我們走進脈管如一支隊伍
我們佔領生之廣場
我們安排一株桃樹
在風中
受孕

一九七三・二・十六

詩人的墓誌銘

在一堆零碎的語字中
安排宇宙
我踮腳望去
你正由衆人中走出

主要乃在
你把歌唱
視爲大地的詮釋
石頭因而赫然發聲

河川
沿你的脈管暢行
激流中，詩句堅如卵石
眞實的事物在形式中隱伏
你用雕刀
說出
萬物的位置

在此，你日日夜夜
反芻著
昔日精巧的句子
吐向天空而星落如雨
一組意象
從正南方升起
仰著讀的那羣臉上

開始融雪

你純粹的眼，亦如
你逃逸的腳
你逃逸的腳　亦如
你反抗的髮
你反抗的髮　亦如
你癡愚的唇
你癡愚的唇　亦如
你哀傷的血
你哀傷的血　亦如
你化灰後的白

而，舉過太陽的臂
向日葵一般的枯萎

最後，最後
蒼天俯視你
以一張空無的臉
縱然，在鑿子與大理石的激辯中
你的名字
一個
一個地
粗大起來

一九七三・五・十

秋日偶興

那會是另外一個人的聲音嗎？

總在雨後
總在鐘聲輕輕推開寺門的時候
澗水邊
一朵山花
在一瓣瓣地剝自己的臉
這座山的名字也叫做悠然？

可能是
否則
爲什麼那遊客撩起雲絮
如撩起他的袍子

午後無風
戴紅帽子的測繪員
從三脚架的鏡子裏看到
白鷺
飛成一句話

一九七三·十二·十五

焚詩記

把一大疊詩稿拿去燒掉
然後在灰燼中
畫一株白楊

推窗
山那邊傳來一陣伐木的聲音

一九七三・十二・十六

子夜讀信

子夜的燈
是一條未穿衣裳的
小河

你的信像一尾魚游來
讀水的溫暖
讀你額上動人的鱗片
讀江河如讀一面鏡
讀鏡中你的笑

如讀泡沫

一九七三・十二・十六

魚語

驚濤無言
而泡沫喋喋
從長江頭至長江尾
游行千里
只爲換得全部鱗甲剝盡時的悲壯
我不曾說什麼
我乃相忘於江湖的
一尾魚
兩岸

曾摟我以溫婉的臂
我選擇逆流如選擇明日的風暴
自風雷初動的渡口
至落日化爲猿啼的三峽
不論頂端是龍門
或者窄門
我始終不曾說什麼

岸邊的桃樹吵得很兇
我不想說什麼
一換季，花瓣像那些名字
隨水而逝
再換季，無非一堆爛泥
我不忍說什麼
風雨未息

在汙染的濁流中
任泡沫
喋喋
我不願說什麼

驚濤萬丈中
你們聽見我奔來的腳步聲嗎？

一九七四・三・二二

女鬼㈠

啾啾
從披髮間望出去
月正升起
遠處
一個掌燈的人
在喊著：妹子
她悽惶地仰起臉
啾啾

一九七四・九・十四

女鬼 (二)

她
被一根繩子提升爲
一篇極其哀麗的
聊齋

循著簫聲搜尋
每一個窗口都可能坐著
她那位進京赴試的
薄倖書生

風來無聲
她閃身躍入
剛闔攏的那本線裝書

一九七四・九・十四

巨石之變

一

灼熱
鐵器捶擊而生警句
在我金屬的體內
鏘然而鳴，無人辨識的高音

越過絕壁
一顆驚人的星辰飛起
千年的冷與熱

凝固成絕不容許任何鷹類棲息的
前額。莽莽荒原上
我已吃掉一大片天空

2

如此肯定
火在底層繼續燃燒，我乃火
而風在外部宣告：我的容貌
乃由冰雪組成

我之外
無人能促成水與火的婚媾
如此猶疑
當焦渴如一條草蛇從腳下竄起
你是否聽到

我掌中沸騰的水聲

3

我撫摸赤裸的自己
傾聽內部的喧囂於時間的盡頭
且怔怔望著
碎裂的肌膚如何在風中片片揚起

晚上，月光唯一的操作是
射精

那滿山滾動的巨石
是我嗎？我手中高舉的是一朵花嗎？
久久未曾一動
一動便佔有峯頂的全部方位

4

你們都來自我，我來自灰塵
也許太高了而且冷而無聲
你們把梯子擱在我頭上只欲證實
那邊早就一無所有

除了傷痕
霍然，如眼睜開
我是火成岩，我焚自己取樂
所謂禁慾主義者往往如是
往往等鳳凰乘煙而去
風化的臉才一層層剝落

5

你們說絕對
我選擇了可能
你們說無疑
我選擇了未知

你們爭相批駁我
以一柄顫悸的鑿子
這不就結了
你們有千種專橫我有千種冷
果子會不會死於它的甘美？
花瓣兀自舒放，且作多種曖昧的微笑

6

鷹隼旋於崖頂
大風起於深澤

麋鹿追逐落日
羣山隱入蒼茫

我仍靜坐
在爲自己製造力量
閃電，乃偉大死亡的暗喻
爆炸中我開始甦醒，開始驚覺
竟無一事物使我滿足
我必須重新溶入一切事物中

7

萬古長空，我形而上地潛伏
一朝風月，我形而下地騷動
體內的火胎久已成形
我在血中苦待一種慘痛的蛻變

我伸出雙臂
把空氣抱成白色
畢竟是一塊冷硬的石頭
我迷於一切風暴，轟轟然的崩潰
我迷於神話中的那隻手，被推上山頂而後滾下
被砸碎爲最初的粉末

一九七四・九・二十

卷六：時間之傷

國父紀念館之晨

提鳥籠者二三
練太極拳者七八
溜狗的婦人兜幾個圈子便走了
另外一些則蹲在石階上
讀早報上的獎券號碼
讀石油上漲
讀機車騎士互撞之壯懷激烈
擡望眼，看風嘯雲捲
其瀟灑亦如

林覺民的絕命草書
汗巾是無論如何也擰不乾的
心想：河山的淚
只怕也擰不乾了

他該回家了
手中拎着
當年路過廣州時買的那件灰毛衣
走得實在太慢
退役後
他就怕聽到自己骨骼錯落的聲音

一九七五・三・二三

三張犁靶場

正想寫一首戰爭的詩
三張犁靶場的回聲
一一落在我的稿紙上

沒有下酒菜的時候
子彈噼哩拍啦給我炒了
一碟子青荳

慢著：

他人之血
我怎能乾杯

一九七五・三・二九

論女人

既非雨又非花
既非霧又非畫
既非雪又非煙
既非燈又非月
既非秋又非夏

有時名詞有時動詞
有時房屋有時廣場
有時天晴有時落雨

有時深淵有時淺沼
有時過程有時結局
有時驚歎有時問號

說是水，她又耕成了田
說是樹，她又躺成了湖
說是星，她又結成了鹽
說是魚，她又烤成了餅
說是蛇，她又飛成了鷹

一九七五・六・二十

歲末無雪

午夜窗口一盞燈
他啣著煙斗
他沈思當仰望天花板
他把時間雕成一塊塊方格
踱步中
一雙壁虎倉卒地完成了交尾
他嗅完一朵初綻的菊花似乎就沒有什麼可做的了
月亮總是無聲，總是不痛不癢地
撫著他的額。露水漸漸轉白

而懷中的弦琴冷而且靜
他環顧四壁
書籍都已熟睡
唯有一張白紙醒著
醒著而又空著
亦如他骨骼裏間間無人看守的房屋
他也曾關心水的變色
山的走向
植物如何衰老而不再懷孕
以及碑石在異鄉豎起時的惴惴
不管怎麼說，夜畢竟很深了
午夜最不宜照鏡
最怕證明昨天的頭髮只在昨天黑過
天好冷，他用手指蘸著酒漬在桌上寫著：
「一堆火，驟然在某一重要時刻熄去」

爲什麼？無人想去探究
反正
今年的雪是無論如何下不成了
窗口
依然一盞燈

一九七六・二・八

歲末無詩

無雪，也還罷了
無酒無詩將何以對窗外步步逼近的青山
飲酒與作詩
往往是說發生就發生的事
閒時，他就喜歡倒轉酒壺
聽滿杯唐人絕句互撞時的叮噹
醉，無可無不可
而聲聲慢之類則不如大麯流經喉嚨之過癮
其實，我何嘗不知

他經常躲在洗手間作習慣性的嘔吐
他拒絕我讀他草草寫成的詩稿
他說
只因其中夾有血絲

晨起對鏡
他決心重整他的形式與風格

他洗臉洗出了五行
乾毛巾擦去了三行
他穿衣服時想出了四行
刮鬍子刮去了兩行
他梳頭梳出了一行
刷牙刷去了三行
他如廁蹲出了五行

衛生紙揩去了六行半
剩下的半行
喝完最後一杯也就忘了

一九七六・二・八

衆荷喧嘩

衆荷喧嘩
而你是挨我最近
最靜，最最溫婉的一朵
要看，就看荷去吧
我就喜歡看你撐著一把碧油傘
從水中升起

我向池心
輕輕扔過去一粒石子

你的臉
便嘩然紅了起來
驚起的
一隻水鳥
如火焰般掠過對岸的柳枝
再靠近一些
只要再靠我近一點
便可聽到
水珠在你掌心滴溜溜地轉

你是喧嘩的荷池中
一朵最最安靜的
夕陽
蟬鳴依舊
依舊如你獨立衆荷中時的寂寂

我走了，走了一半又停住
等你
等你輕聲喚我

一九七六·七·四

雪祭韓龍雲

——漢城詩抄之二

想像雛菊是你的軀體
紮成花環後我在雪中看到你的
臉
羣山靄靄
融雪總在下午進行
匯成細流涓涓的
是你晶瑩而瘦長的手指，伸入
千山萬壑

爲何衆碑上獨不見你的名字
我們覓你於樹椏、鳥翼、深谷，以及夕陽
探望你於歷史的峯頂
葉子該落時就落
而你那懸在高處的淚卻永不結冰
來而復往，熱而復冷
你猶之新娘手上的指環
行至終處亦行至始處
俯首溪邊，你何須驚懼於
血之黑，骨之白
我們何須屈從時間的鋒刄
我們以熱血鎭壓髮之嘩變
白不等於投降，亦如雪
亦如你雪一樣的存在
白不等於一無所有

我們踏雪而來
覓你於深山
深山僅傳來一聲冷而且白的迴響

有時你在雲中，有時隨雪而降
我捧起你，握成糰，捏成粉
手心驟冷而黃昏又將來臨
無論如何得爲你掌一盞燈
你是否還記得
取暖的最好方式就是回家
儘管你的路近
我的路遠。朋友
今日無酒，我在等山澗水漲
無香燭，我在等霧升起
等青山在明夏回來

時間，縱不還給你一縷黑髮
也得還給你一匹在風中揚起的
瀑布
這裏，諸絃皆斷
剩下的僅有那根三八度線
輕輕一撫，你將傷於一朵花開時的轟然
說是許諾亦無不可
我將再來，再來看你墓前的白楊
趺坐落葉上，聽那麼幾句
無須乎翻譯的
蕭蕭
久而久之，蕭蕭未必不可能成爲一種震撼
亦如韓戰中的骸骨
久而久之成爲墓前的白楊
白楊的

蕭蕭

看雪只能算是附帶的事
酒後的事
朋友，雪在你身邊睡著
我在你身邊
站著

後記：一九七六年十一月間，十位臺灣現代詩人應韓國筆會之邀訪問漢城七天。此次訪韓，祭悼韓國已故詩人韓龍雲亦為重要節目之一。十一月二十六日上午，我等在許世旭兄引導下，冒著零下六度之苦寒向漢城北山公墓出發。抵達山腰時，擡頭只見滿山荒塚壘壘，被皚皚的積雪圍繞著，不辨詩人墓在何處。後據守墓人告知，韓龍雲之墓距此甚遠，且雪多路滑，車子無法行駛。於是大家決定就在原地望空遙祭一番，聊表心意。詩人本為萬物之化身，死後埋骨深山，每一樹枝、山石、花草、溪流，無不成為他軀體的一部分，何必非去他的墓前不可；有些事過於著相，反而不為詩人所喜，韓龍雲地下有靈，諒能了解我們的情意。

一九七六・十二・一

晨遊秘苑

——漢城詩抄之四

側院裏
一株古槐
可說完全沒有了葉子
羣雀啾啾

從未見一座石像
在寒風中拉起大衣的領子
這座也沒有

想必當年是一位清官
上次戰役後
就再無人昂然從此經過
那時的雪
想必不如今晨的白

飛簷的背後是
圍牆
圍牆的背後是
寢宮內熬銀耳蓮子湯的香味

門虛掩著，積雪上
有一行小小的腳印
想必昨夜又有一位宮女
躡足溜出苑去

後記：從雲堂旅社出來，穿過一條小巷，對街就是漢城古蹟之一的「祕苑」。祕苑為李朝之寢宮，二次世界大戰中曾遭兵燹，後經政府修復，作為觀光勝地之一。二十六日清晨，我等前往散步，惜因苑門正在修理，暫不開放，只得在紅牆外面一株古槐下踏雪小憩，想像「白頭宮女在，閒坐說玄宗」的那種興味。

一九七六・十二・三

午夜削梨

——漢城詩抄之七

冷而且渴
我靜靜地望著
午夜的茶几上
一隻韓國梨

那確是一隻
觸手冰涼的
閃著黃銅膚色的

棃

一刀剖開
它胸中
竟然藏有
一口好深好深的井

戰慄著
拇指與食指輕輕捻起
一小片棃肉

白色無罪

刀子跌落
我彎下身子去找
啊！滿地都是

我那黃銅色的皮膚

一九七六・十二・九

雪地鞦韆

——漢城詩抄之九

我們飛揚
大地隨之浮升
止於四十五度角
止於那種伸手便可觸及
叫人心跳的高度

我們降落
大地隨之撤退

驚於三十哩的時速
回首，乍見昨日鞦韆架上
冷白如雪的童年
迎面逼來

啊！雪的膚香
鞦韆架上妹妹的膚香
如再盪高一些，勢將心痛
勢將看到院子裏漸行漸速的
薊草般的鄉愁

而左手邊
那條至今猶未全部解凍的小河
體溫何時上升？
新羅的早雪

至今猶無衣裳，赤裸
且有提升爲水之前的執拗

從四十五度角的危巖躍下
是否有如墜入深及千噚的寒潭
雪，攤開如一部近代史
我們愈讀臉色愈白
且常在冷中驟然驚醒

我們飛揚
低頭已不見地面上的腳印
警兆呀警兆，令人頓生
雪花落在頸子裏的那種倉皇
闔起雙眼
想像灰飛煙滅的悲壯

盪成如此美好之秩序在如此高度
何等嚴肅的兒戲
如說是悲劇其韻律豈不稍嫌輕快
雪地的鞦韆
半懸的中年

我們上升，而且降落
我們擺盪，而且哀傷
在風中，自由而無依
在遍體冰涼的夕陽中
我們抓緊繩索的手
由紅而青

後記：二十九日下午參觀「民俗村」，村內設有韓國自古迄今之各朝建築文物，遊該村如讀一部韓國文化史。村內積雪甚厚，廣場上設有鞦韆數架，我等童心大發，跳了上去，頓然成了一羣「擺盪的人」。

一九七六・十二・二十一

不歸橋

——漢城詩抄之十二

店曰板門
橋名不歸
過河沽酒的人
竟然提回一瓶熱淚
千人皆醉，唯獨
一粒種子仍在雪下醒著
田園縱然將蕪
縱然有千棵松樹可抱

歸與不歸都是一樣
且非雙腳所能預知
譬如說：槍聲響起之前
你可曾聽見血管中的呼嘯？
你們愛火，且在火中孵卵
你們以撫砲的手撫自己的頭顱
征人啊，飲完最後一杯
該過橋去了
鴨綠江水深千丈
不及半頁歷史的哀痛
渡江後卽是你們陌生我們熟悉的
山河萬里
而淚的鹹度則完全一致
至於明日
明日雪中之火亦卽今日雪中之灰

歸與不歸都是一樣

棉軍服濕了又乾
來福線黯了又亮
水壺的叮噹
掩不住母親的叮嚀
過橋的腳印像一句句遺言
既然這場雪非下不可
就飲此絕對性的一杯吧
醉與不醉都是一樣
靴聲砉砉
午夜驚起的妻子
不曾說什麼
說與不說都是一樣

後記：這次訪韓，印象最深刻的是板門店之旅，該店既不賣酒，也無處打尖，卻加深了我們的歷史感。我們在一山頭哨亭遠眺，只見南北韓分界線旁臥有石橋一座，橋名不歸（Bridge No Return），乃暗示南北雙方過橋者即成棋盤上的卒子，來得去不得，去得來不得，這能不說是人類歷史上千萬愚行之一？田園將蕪胡不歸，這時停戰村的暮色漸起，我們有旅人的哀愁，也有征人的激奮。

一九七七．一．十二

夜飲溪頭公園

雨落在髮上
竟然生出冷濕的歷史感
在高瘦的柳杉下
商禽之一再咳嗽並非無因
而管管辛鬱的引吭高歌
每一句都含有血絲

度此哀樂中年的最佳方法
是共飲一盞

滲有小量雨水的高粱
而後激辯
而後安靜地坐看
路燈從小徑的那一頭亮起

高歌與激辯無非是爲了證明
我們的血在霧起時尚未凝結
至於飲酒，飲酒又有何用？
一到深秋
滿山的銀杏葉都將一一
被說成夕陽

後記：今年詩人節（端午節），一羣臺北詩人聯袂前往溪頭作一日之遊。抵達溪頭旅社時已近黃昏，但見夕陽滿山，輕霧氤氳，間或有一陣小雨自蟬鳴中灑落，胸中暑氣頓消。夜間詩友羣集柳杉林下，飲酒論詩，暢敍竟夕。

一九七八・六・二七

髮香

不是千絲萬縷
而是一根

我牢牢地牽著一根髮
進入你的園子
好看的薔薇都慣於裸睡
春是嫌瘦了些
夏又何嘗胖過
更不用提秋與冬之落葉紛飛了

我負手而前
看你滿園子的髮香凝成白露
不是千杓萬杓
而是一滴

一九七九・四・七

時間之傷

1

月光的肌肉何其蒼白
而我時間的皮膚逐漸變黑
在風中
一層層脫落

2

門後掛著一襲戰前的雨衣
口袋裏裝著一封退伍令

陽臺上的曇花
白白地開了一夜
時間之傷在繼續發炎
其嚴重性
絕非念兩句大悲咒所能化解的

3

又有人說啦
頭髮只有兩種顏色
非黑卽白
而靑了又黃的墓草呢？

4

至於我們的風箏
被天空抓了去

就沒有一隻完整地回來過
手中只剩下那根繩子
猶斷未斷

5

只要周身感到痛
就足以證明我們已在時間裏成熟
根鬚把泥土睡暖了
風吹過
豆莢開始一一爆裂

6

有時又不免對鏡子發脾氣
只要
全城的燈火一熄

就再也找不到自己的臉
一拳把玻璃擊碎
有血水滲出

7

那年我們在大街上唱著進行曲
昂昂然穿過歷史
我們熱得好快
如水
滴在燒紅的鐵板上
黃卡嘰制服上的名字
比槍聲更響

而今，聽到隔壁軍營的號聲
我忽地振衣而起

又頹然坐了下去
且輕輕打著拍子

8

想當年
背水一戰
……
暮色四起
馬羣騰空而去
隱見一位老將軍的白頭
從沙塵中
徐徐
仰起

9

涉水而行
我們的身子由泡沫拼成
猛撞頭
夕陽美如遠方之死

水面上
一隻巨鷹的倒影
一閃而沒
我們能泅過自己的內海嗎？

10

最後把所有的酒器搬出來
也無補於事
用殘酒
在掌心暗自寫下的那句話

乍然結成冰塊
體內正值嚴冬

爐火將熄，總不能再把我的骨骼拿去燒吧

一九七九・四・二十七

當你沈默如一枚地雷

我在你的背後
你陷落的腳印背後
你濡濕的影子背後
你思想的背後
走著

無論說或做，愛只是當年的一件舊襯衫
荆棘一再以尖銳的嘯聲
印證它嗜血的個性

一步
一次心驚
好怕走在你的背後
當你沈默如一枚地雷

一九七九・四・二七

與李賀共飲

石破
天驚
秋雨嚇得驟然凝在半空
這時，我乍見窗外
有客騎驢自長安來
背了一布袋的
駭人的意象
人未至，冰雹般的詩句
已挾冷雨而降

我隔著玻璃再一次聽到
叢和敲日的叮噹聲
哦！好瘦好瘦的一位書生
瘦得
猶如一枝精緻的狼毫
你那寬大的藍布衫，隨風
湧起千頃波濤

嚼五香蠶豆似的
嚼著絕句。絕句。絕句。
你激情的眼中
溫有一壺新釀的花雕
自唐而宋而元而明而清
最後注入
我這小小的酒杯

我試著把你最得意的一首七絕
塞進一隻酒甕中
搖一搖，便見雲霧騰升
語字醉舞而平仄亂撞
甕破，你的肌膚碎裂成片
曠野上，隱聞
鬼哭啾啾
狼嗥千里

來來請坐，我要與你共飲
這歷史中最黑的一夜
你我顯非等閒人物
豈能因不入唐詩三百首而相對發愁
從九品奉禮郎是個什麼官？
這都不必去管它

當年你還不是在大醉後
把詩句嘔吐在豪門的玉階上
喝酒呀喝酒
今晚的月，大概不會爲我們
這千古一聚而亮了
我要趁黑爲你寫一首晦澀的詩
不懂就讓他們去不懂
不懂
爲何我們讀後相視大笑

一九七九・五・十八

邊界望鄉

說著說著
我們就到了落馬洲

霧正升起，我們在茫然中勒馬四顧
手掌開始生汗
望遠鏡中擴大數十倍的鄉愁
亂如風中的散髮
當距離調整到令人心跳的程度
一座遠山迎面飛來

把我撞成了
嚴重的內傷

病了病了
病得像山坡上那叢凋殘的杜鵑
只剩下唯一的一朵
蹲在那塊「禁止越界」的告示牌後面
咯血。而這時
一隻白鷺從水田中驚起
飛越深圳
又猛然折了回來

而這時，鷓鴣以火發音
那冒煙的啼聲
一句句

穿透異地三月的春寒
我被燒得雙目盡赤，血脈賁張
你卻豎起外衣的領子，回頭問我
冷，還是
不冷？

驚蟄之後是春分
清明時節該不遠了
我居然也聽懂了廣東的鄉音
當雨水把莽莽大地
譯成青色的語言
喏！你說，福田村再過去就是水圍
故國的泥土，伸手可及
但我抓回來的仍是一掌冷霧

後記：一九七九年三月中旬應邀訪港，十六日上午余光中兄親自開車陪我參觀落馬洲之邊界，當時輕霧氤氳，望遠鏡中的故國山河隱約可見，而耳邊正響起數十年未聞的鷓鴣啼叫，聲聲扣人心弦，所謂「近鄉情怯」，大概就是我當時的心境吧。

一九七九・六・三

我在長城上

我在長城上
迎萬里的悲風而立
散髮幌如昨日
昨日大漠中漫天的烽煙
不論這是不是歷史的峯頂
我必須登臨
爲了證實
太陽西沈不是一種否定
證實在嘉峪關上朗誦的詩句

千年之後
能否傳到山海關口
汗在掌中湧動
劍在鞘中輕嘯
我奔馳於衆山與青空之間
俯首下望，指指點點
那是秦時圓過的月
那是漢時失去的關
那是荒草中的李陵碑
那是昭君用琵琶彈出的一條青石路
翔舞了兩千年的龍啊
在你瘦稜稜的脊骨上
縱然天風如濤
仍掩不住
孟姜女亙古的哭聲

我也曾有過淚
現已在胸中凝固成火
火將哀慟鑄成一把匕首
一揚手，便冷冷地
揷在牆上的一幅地圖中央
這不正是從秦代蜿蜒至今
迷我，惑我
餵以我的血，我的肉
而昂行
而翻騰
而凛凛然蟠踞
於我體內的那條龍嗎？
而今，我已登臨
爬上了居庸關，直上八達嶺

極目萬里
仍見不到歷史的盡頭
守關人何在？
飛將軍李廣呢？
只見一隻兀鷹在烽火臺的上空盤旋
在搜尋
那支被巨石吞沒的箭
上有鬱鬱蒼天
下有壘壘荒塚
我在長城上披髮當風
手指著夕陽：那就是漢家陵闕？

萬里長城
萬里長
長城外面是——

鼠竄狐奔，黃沙滾滾
落日仍是戰國時代的落日
黃河仍在遠方咆哮
而這時，夕陽無聲
我在城牆上垂首躞蹀
手撫著一塊塊碎裂的堞石
翻起一看
赫然竟是滿掌的鮮血
被挖鑿，被肢解，被剝得鱗甲遍地
被謀殺的中國的龍啊
在日暮中奄奄一息
而這時，我憤然舉起雙臂
血管中迸出一聲長嘯
轟轟的回聲
蓋過了風中長城的低吟

一九七九・十・十

猿之哀歌

桓公入蜀，至三峽中，部伍中有得猿子者，其母緣岸哀號，行百餘里不去，遂跳上船，至便氣絕，破視其腹中，腸皆寸斷。

——世說新語

那一聲淒絕的哀嘯
從左岸
傳到右岸
回聲，溯江而上

繞過懸崖而泯入天際
淚水滾進了三峽，頓時
風狂濤驚
水的洶湧怎及得上血的洶湧
她苦苦奔行，只爲
追趕那條入川的船

軍爺啊，還給我孩子

這一聲
用刀子削出來的呼喊
如千噸熊熊鐵漿從喉管迸出
那種悲傷
那種蠟燭縱然成灰
而燭芯仍不停叫痛的悲傷

那種愛
纏腸繞肚，無休無止
春蠶死了千百次也吐不盡的
愛

軍爺啊，還給我孩子

輕舟
已在萬重山之外
滾滾的濁流，濁流的滾滾之外
那哀嘯，一聲聲
穿透千山萬水
最後自白帝城的峯頂直瀉而下
跌落在江中甲板上的
那已是寸寸斷裂的肝腸

一攤凝血，把江水染成了
冷冷的夕陽

一九八〇・三・五

李白傳奇

相傳峨嵋峯頂有一塊巨石，石上鋪了一張白紙，一天午後，風雨大作，天震地撼之際，一隻碩大無比的鵬鳥碎石破紙，沖天而飛……

第一站
他飛臨長安一家酒樓

——

整個天空驟然亮了起來

滿罇的酒在流
滿室的花在香
一枝破空而來的劍在呼嘯
衆星無言
只有一顆以萬世的光華發聲
驚見你，巍巍然
據案獨坐在歷史的另一端
天爲容，道爲貌
山是額頭而河是你的血管
乘萬里清風
載皓皓明月
飛翔的身姿忽東忽西，忽南忽北
中央是一團無際無涯的混沌
雷聲自遠方滾滾而來
不，是驚濤裂岸

你是海，沒有穿衣裳的海
赤赤裸裸，起起落落
你是天地之間
醞釀了千年的一聲咆哮

2

撩袍端帶
你昂然登上了酒樓
負手站在闌干旁，俯身尋思
誰是那燈火中最亮的一盞
這時，半空驀然飄落一條白色儒巾
隨風化爲滿城的蝴蝶
旋舞中，把所有窗口的燈
一盞盞撲滅
這樣正好，你說你要用月光寫詩

讓那些閃爍的句子
飛越尋常百姓家
然後一路亮到宮門深鎖的內苑
拿酒來！既稱酒仙豈可無飲
飲豈可不醉
你向牆上的影子舉杯
千載寂寞萬古愁
在一俯一仰中盡化爲聲聲低吟
你猶記在那最醉的一天？
在禁宮，在被一大叢牡丹嚇醒之後
磨墨濡筆的宮女問：
你就是那好酒，吐酒，病酒的飲者？
寬衣脫靴的內侍問：
你就是那飛揚跋扈的詩人？
你仰著臉不答，揮筆如舞劍

頓見紙上煙霞四起
才寫下清平調的第一句
便驚得滿園子的木芍藥紛紛而落
沈香亭外正在下雪
在盈尺的冰寒中
你以歌聲爲唐玄宗暖手
以詩句爲楊貴妃鋪設了
一條鳥語花香的路

3

而長安
是一個宜酒宜詩不宜仙的地方
去吧！提起你的酒壺
挾起你的詩册，詩册中的清風和明月
邊走邊飲去遊你的三江五湖

去黃河左岸洗筆
右岸磨劍
讓筆鋒與劍氣
去刻一部輝煌的盛唐
而做官總是敗壞酒興的事
再也瀟灑不起來的事
永王不見得能分享你月下獨酌的幽趣
對飲的三人中
想必不會有喋喋不休
向高山流水發表政見之輩
你又何苦去蹚那次渾水
放逐夜郎也罷，泛舟洞庭
出三峽去聽那哀絕的猿聲也罷
人在江湖，心在江湖
江湖注定是你詩中的一個險句

4

不如學仙去
你原本是一朵好看的青蓮
腳在泥中，頭頂藍天
無需潁川之水
一身紅塵已被酒精洗淨
跨鯨與捉月
無非是昨日的風流，風流的昨日
而今你乃
飛過嵩山三十六峯的一片雲
任風雨送入杳杳的鐘聲
能不能忘機是另一回事
就在那天下午
訪戴天山道士不遇的下午

雨中的桃花不知流向何處去的
下午，我終於看到
你躍起抓住峯頂的那條飛瀑
盪入了
滾滾而去的溪流

一九八〇・五・二十八

水祭

既莫足與為美政兮，吾將從彭咸之所居
——離騷

一

揮菖蒲之碧劍
揚汨羅之濁浪
在澤畔
在石榴紛舉怒拳的五月
我又見你從江心踏波而來

見一株白色水薑伸出溫婉的手
牽你涉水而過
江水早已洗白了你一身傲骨
何不把青衫與髮簪留給昨日的風雨
歸來吧，楚國的詩魂

2

面容枯槁，身上長滿青苔
那提著一頭濕髮而行吟江邊的人
是你嗎？
手捧一部殘破的離騷
兀自坐在一堆鵝卵石上嘔吐
吐盡泥水卻吐不完牢騷

你沿岸踽踽獨行，數了又數自己的腳印
且苦苦追思
禍根就是那一部憲令的草稿
在江底摸了千年也找不到答案

3

問天，天以一片烏雲作答
只怪你出門看天色不看懷王的臉色
披肝瀝膽猶嫌你的血氣太腥
且上官大夫靳尚早就在你的枕邊
暗藏了一條毒蛇

愛國忠君敵不過鄭袖的裙底風雲
正道直行不值張儀的舌粲蓮花
懷王寧飲讒訣之酖酒

終落得亡命秦地
三閭大夫啊，你縱寃死而屍骨猶香

4

讒言似火
只燒得你髮枯脣焦，雙目俱赤
你被扔進烈焰而化爲一爐熔漿
冷卻處理自屬必要
便投身於江水的冰寒

鋼鐵於焉成形
在時間中已鍛成一柄不鏽的古劍
水中躺了兩千年的詩魂啊
汨羅洶湧的浪濤
高舉你於歷史的孤峯

5

昨夜不眠
我在風中展讀你的九歌
乍聞河伯嗷嗷，山鬼啾啾
以及漁父從水漩中
撈起你一隻靴子的驚呼

你製芰荷以爲衣兮
集芙蓉以爲裳
你雕寒星以爲目兮
凝冰雪以爲魂
三閭大夫，我把你荒涼的額角讀成巍峩

一九八〇・六・十七

秋來

連招呼也不打一聲
乍見一片偌大的麪包樹葉
迎面飛來
我伸雙臂托住
奮力上舉
它以泰山崩落之勢壓將下來
我聽到一陣輕微的
骨折的聲音

好威風啊
那步步進逼的歲月

一九八〇・九・十

家書

洞庭湖的鯽魚正肥時
據說你們仍是素食主義者
難怪信裏的字
都一一瘦成了長仿宋
據說四弟仍羈旅山東
仍排隊買一棵降霜後的白菜
據說大哥的舊棉袍用冰製成
多至以前就開始以火去烤
化水的過程是多麼長啊

其餘的日子
都花在擰乾上
而媽媽那幀含淚的照片
擰了三十多年
仍是濕的

一九八〇・十一・十六

尋

松下無童子可問
實際上誰也不知雲的那邊有些什麼
登山不作興奔馳
擦汗也只是在風來之前進行
雙腿發軟，足證峯頂距離天堂
尚遠。上面輕霧如煙
看來頗像魏晉南北朝的詩句
至於寺鐘
傳到耳中時已是千年後的餘響了

所以，如以陶淵明那種方式看山
就不致汗濕青衫，氣喘如牛
但我必須攀登
只爲搜尋那一聲聲
驚我心且動我魄的
空山中的蟬鳴

這就是絕頂了
我回首向山下大聲歡呼
我終於找到了
一枚灰白的
蟬蛻

一九八〇・十一・十六

鷹的獨白

落日，美得要死
縱然美得
像一個墜樓人的故事
我仍不知今宵露宿何處
飛臨危巖，腳一著地
雙翅便輕輕摺起了滿天的蒼茫

面對沈沈暮色
振衣萬仞儼然一落魄異鄉的俠士

江湖水闊竟無一滴可飲
當天風驟起，羣樹索索
羽毛紛紛舞成漸黯漸淡的晚雲
今宵露宿何處？

月亮或將升起於左後方
谷底的泉聲愈遠愈冷
回首只見身影亂如山徑的縱橫
血戰千里，年老劍荒
想必是飲多了月色釀成的孤寂
白髮啊！一種千古不治的絕症

獨立峯頂豈足以抵抗宇宙洪荒
最具說服力的畢竟還是地心引力
當日出皇皇

我再度向深谷縱身而下
且將陣陣湧向胸口的悲涼
化爲振翅時的一聲傲嘯

一九八〇・十一・十九

因爲風的緣故

昨日我沿著河岸
漫步到
蘆葦彎腰喝水的地方
順便請煙囪
在天空爲我寫一封長長的信
潦是潦草了些
而我的心意
則明亮亦如你窗前的燭光
稍有曖昧之處

勢所難免
　因爲風的緣故

此信你能否看懂並不重要
重要的是
你務必在雛菊尚未全部凋零之前
趕快發怒，或者發笑
趕快從箱子裏找出我那件薄衫子
趕快對鏡梳你那又黑又柔的嫵媚
然後以整生的愛
點燃一盞燈
我是火
隨時可能熄滅
　因爲風的緣故

一九八一・一・八

吃蠶

我每天要吃四十隻蠶，醫生說蠶可以幫助降血壓，效果確實很好。

——沈從文

然而，你的悲哀
就在
吃下一大堆蠶之後
不再吐絲
而血的壓力仍在

每天仍被迫
吞食四十隻軟體蟲
沿著喉嚨蠕蠕而下
而後盤踞胸口
化爲心跳
化爲氣喘
化爲帶有湖南鄉音的咳嗽
或許是
苗疆的金蠶蠱吧
每一寸皮膚都在癢
每一個細胞都蛀蝕成空
而你更大的悲哀
是由脊椎動物退化爲爬蟲類的
悲哀
退化爲一隻

困於無門無窗無燈光的繭中
無桑葉可食時
則反芻滿腹酸水的蠶的
悲哀

無人知悉
爲何蠶的悲劇
竟發生在
紅血球形成巨大壓力之後
溫溫柔柔是一種什麼罪過？
成蛹當然會痛
成蛾更痛
有時想到死
吞煤油的嘴
曾是沈默而敦厚的嘴

割喉斷腕的手
曾是寫小說貼古玩標籤的手
有時自反而縮，縮爲一隻
無甲殼又無翅膀的蠶
一隻只會吐絲
吐纏纏緜緜繾繾綣綣的絲
然後又自囚於一繭中的
蠶

繭中一日夜
人間已千年
不知於今
他媽的文化之命革完了沒有
每逢寒夜，輾轉反側
且小解頻頻

呵欠頻頻
頻頻回首看窗外落雪
清醒原是一片白色的茫然
早年的夢亦然
從湘西趕路到北京
地平線愈趕愈遠
茶峒那位擺渡的老者呢？
當年的邊城已成危城
而今天安門廣場上的積雪
正在醞釀化水的事件
據說高血壓最怕氣溫驟降
冷啊
雪皚皚而髮皤皤
八十歲的白是最後的白
你每天

仍在吃蠶？
不如回家烤火
蜷身於你那闃黯的繭中
既可面壁
亦可磨劍
只等某日破關而出
便可揚首向天
吐盡
胸中的淤血

一九八一・一・十五

無題四行（十首）

1

假若你是鐘聲
請把回響埋在落葉中
等明年春醒
我將以溶雪的速度奔來

2

久困於涸轍

誰能相忘於江湖？
魚自浪中躍起答曰：
我從不知自己是活在水中的動物

3

雁羣以整生的淒涼
只在天空寫下一個人字

蘆葦側耳傾聽
江水在唱秋之輓歌

4

臺北街頭的月夜
再也不聞擣衣聲了

從長安東路升起的太陽
正是千年一度化爲劫灰的我

5

槍管冷了又熱
戰爭的舊創與新痕之間只隔了一層茫然
我們沿著歷史的河流走去
但願對岸的酒店尚未打烊

6

一再夢見自己
蜿蜒成一條柔柔的溪水

突然忍不住哭了，當我醒來發覺
心中的井乃由粗礪的花崗石砌成

7

如果我在窗口
手持一朵枯萎的菊花
你會應約而來嗎？
會的，因爲我怕你折來一枝玫瑰

8

中年已不大作夢了
就有，也無非是實驗性黑白片
半夜起身小解

喜見自己赤裸如墨

9

在體內藏有一座熔鐵爐
我燃燒我自己

當我跳進一口水缸
整個世界頓時沸騰起來

10

有時你們又嫌我冷卻得太快
出水後復施以鐵錘與鐵砧的合擊

我是清醒的鋼
卻昏迷於馬達竟日的運轉中

一九八一・二・十

北京之冬

冷啊
零度以下的言語
全部凍結在喉管裏
而吞下魚刺的人
又豈只一個
在法庭上打瞌睡的張春橋
這時，全城都在傾聽
一隻被打入黑五類的
寒鴉

蹲在天壇頂上呱呱大叫：
雪啊雪啊
何時才能把我的名字染白

貼在
西單街牆上的抗議
一夜之間
凝成了冰柱
大家癡癡地佇立屋簷下
等
等
等春天來到後
融化為
滿街的吼聲

一九八一・三・三一

卷七：釀酒的石頭

月亮升起如一首輓歌

一切
從葉子變色時開始……

那人負手行過
午後植物園的一棵
編號54的西洋杉下
側臉乍見一把花傘擱在石凳上
傘後的騷動
驚起池中的一隻水鳥

天
便如此暗了下來

夕陽尚溫
一朵望之猶三十許的殘荷
在暗想：如果起初
便安置在一隻釉青的康熙瓷瓶中
諒不致萎爲
這般絕望的秋色
葉如人面
水珠與淚竟如此難以分辨

風過林梢
月亮升起如一首輓歌
衆葉索索

向遊客宣讀一封訣別書之後
紛紛蝶飛而降
且堆成一塚
埋下了
夏日最後的蟬鳴

一九八二・九・三十

清明讀詩

無家信的日子
又逢清明
風雨說著宇宙性的悲愴
翻讀自己的詩集時
實在忍不住
對著那一顆顆，形同
被打落的牙齒般的
六號宋體鉛字
苦笑不已

藏在一頁空白中的意義
是何種意義
而黑色的標題
啞如盲瞳

這些
全都給我吞下去了
連血
連碎肉
連無牙可咬的痛楚
每個意象
都被強烈的胃酸溶解
吐出來時
竟是一大堆
熱得燙手的鐵釘

風雨中
凜然面對窗外的青山
大聲獨誦
一首關於清明的詩
居然有鬼哭狼嗥驚天撼地之聲勢
而遠處傳來的回響
則有如
深一腳
淺一腳的
雨鞋踢踏而來的蒼涼

一九八二・十・五

吃蟹

桌上堆滿
肢解過的蟹殼
這是菊花與酒的下午
薑絲的辛辣
和一小碟鎮江醋的下午
不由人黯然想起
放肆地
吐白沫的嘴
以及

一度從我多骨的脚趾上
橫行而過的褐爪

持螯而啖的我
未必就是愛秋成癖的我
夏日已死
城市中哀傷之事所剩不多
據案吃蟹乃其中之一
引杯就脣
然後敲殼而歌，而揚眉
而有快意恩仇的亢奮
縱然聽到一陣沙沙之聲
從背後追來

此刻，不由人又乍然想起

我那首被橫排的詩
你們說一切都是出於善意
只是語言已經僵死
而且在蟹肉的腥氣中
變了味

一九八二・十・十一

給女兒曉民

王曉民因車禍腦部受傷，昏迷十九年不醒，除了靠呼吸維持一息之外，實與死者無異。王母以愛女受盡漫無止境的折磨，而全家亦不堪其苦，乃數度呼籲社會與法律允賜女兒以「安樂死」，但迄無具體反應。王曉民則仍將以一株枯藤的方式繼續存在著，以母親的血灌溉……

問題是，我如何能親手爲你
解開那根黑繩
昨日夕暮推窗

隱聞深山降雪的腳步聲
寺鐘一般傳來
驀然，回首鏡中的白髮又厚了一寸
衣帶漸寬而血壓一再升高
露臺上只燦爛那麼一夜的曇花
就無所謂豐腴和消瘦了
然而，你可知道
苦，非一日之果
十九年的孤寒足以使血管結冰
這些都不必說了
總歸問題仍在
如何爲你解開那根黑繩
讓你如秋後的蟬
脫蛻
而去

如風化岩
到空無中去重組你齏粉般的生命
我實不忍心說生機已絕
十九年了，女兒
你仍以無聲來回答
我們十九年來的苦待與哀哀祝禱
如果你是
院子裏的那株葡萄
也早該由青轉紅，由紅而紫
熟成一顆顆甜美多汁的果實
而你不是植物
你是人
餵以我的血，我的肉
石雕的，木刻的，雪堆的，紙紮的人
女兒，我的心好痛

天又黑了，我擎起一盞燈
照亮你敗葉般的臉
照亮你枕邊無休止蔓延的夜
蠟燭已灰
你點著我的淚繼續燃燒
合歡山頂的積雪
已在晨報的油墨中悄悄化去
留給你，也留給我
一片驚人的空白
你我之間再也建立不起
雪與水的關係
根鬚與大地的關係
池水與倒影的關係
你掙斷了臍帶
又被另一根繩子牢牢綑住

所謂燕子，所謂楊柳
所謂事如春夢了無痕
女兒，你未曾春過而已秋葉覆體
你的夢已凝固成
永不甦醒的冰層
可是他們說：縱然空白
也必須讓你空白地存在著
通過一具冰涼的，不鏽鋼的
呼吸器而存在著
你的年輪不再旋轉
時間對你已毫無意義
日出日落如是
花開花殘亦如是
你茫然如一場沒有名字的霧
女兒，我不想你死

只希望你早日破繭而出
如蝶之翩躚於永恆的花叢
女兒，你可知道
十九年的傷痛是種什麼傷痛
剝了一層又一層
我就是
那最後一層帶血的痂
女兒，我怎忍心叫你死
然而，雪已融了
鐘也響了
誰是解開你那根繩子的手？

一九八二・十・十五

昨日的水薑花

當初摘你時
連葉帶莖猛然向我撲來
裸裎以白
以薄荷味的體香
如果河的兩岸之外還有第三岸
我伸出的臂就是
凡失去的歌都非回聲所能彌補
在水之涯

你習慣地俯下身子
努力拼湊那隨漣漪層層散去的
昨日的
倒影

一九八二・十・十八

枯魚之肆

每天路過
便想到口渴
想到鞭痕似的涸轍
以及魚目中好大的
一片空白

毋須掩鼻而過
或作不屑於聞問之態
斤斤計較的無非是去鰓除鱗

至於那些腐臭的鯉魚
何嘗不是一一越龍門而來
只是牠們的下游
止於砧板

一九八二・十・二二

雨中獨行

風風雨雨
適於獨行
而且手中無傘
不打傘自有不打傘的妙處
濕是我的濕
冷是我的冷
即使把自己縮成雨點那麼小
小
也是我的小

一九八二・十一・八

涙巾

首先感知河水溫度的
不見得就是鴨子
亦非入水便手腳發軟的柳條
而是橋上的女子
女子手中的
一條被風吹落的
涙巾

一九八二・十一・九

愛的辯證（一題二式）

尾生與女子期於梁下，女子不來，水至不去，抱梁柱而死。

——莊子「盜跖篇」

式一：我在水中等你

水深及膝
淹腹
一寸寸漫至喉嚨
浮在河面上的兩隻眼睛
仍炯炯然

望向一條青石小徑
兩耳傾聽裙帶撫過薊草的窸窣

日日
月月
千百次升降於我脹大的體內
石柱上蒼苔歷歷
臂上長滿了牡蠣
髮，在激流中盤繞如一窩水蛇

緊抱橋墩
我在千噚之下等你
水來我在水中等你
火來
我在灰燼中等你

式二：我在橋下等你

風狂，雨點急如過橋的鞋聲
是你倉促赴約的腳步？
撐著那把
你我共過微雨黃昏的小傘
裝滿一口袋的
雲彩，以及小銅錢似的
叮噹的誓言

我在橋下等你
等你從雨中奔來
河水暴漲
洶湧至腳，及腰，而將浸入驚呼的嘴
漩渦正逐漸擴大爲死者的臉

我開始有了臨流的怯意
好冷，孤獨而空虛
如一尾產卵後的魚

篤定你是不會來了
所謂在天願爲比翼鳥
我黯然拔下一根白色的羽毛
然後登岸而去
非我無情
只怪水比你來得更快
一束玫瑰被浪捲走
總有一天會漂到你的手中

一九八二・十一・十五

墨荷無聲

——懷大千居士

用上等徽墨磨呀磨出來的
最後的一朵荷
忽忽起自胸中的千頃波濤
之後靜止於一旋動的渾圓中
自南朝飛來的一隻蜻蜓
安適地立於微顫的枝梗上
此時，水在下面洶湧
洶湧亦如敦煌衆佛舞動的袈裟

半空雲推煙擠
挪出了一大片永恆的空白

潑墨未乾
他懸崖似的前額突然下陷
當柔若春草的長髯
開始向另一大千世界蔓延
驚見荷葉上一滴
黑色的淚
在溜轉中漸次擴大
而後
從一面巨幅的粉牆上
無聲地滾落

後記：張大千居士於今年四月間與世長辭，結束了他那輝煌的一生。他藝術成就之高，曾有「五百年來一大千」之譽，我除仰慕其藝事和恢宏的胸襟之外，與他素無淵源。今年元月我應邀參加新加坡「國際華文文藝營」，會後新加坡友人託我帶一信轉交大千居士。返臺後本擬親赴摩耶精舍拜訪，但因陰雨連月不停，兼以事忙，故僅將該信以掛號寄去。不料兩個月後大千居士竟遽爾去世，緣慳一面，實為一大遺憾，故寫這首小詩，以示悼念。

一九八三・五・十二

雨中過辛亥隧道

入洞
出洞
這頭曾是切膚的寒風
那頭又遇徹骨的冷雨
而中間梗塞著
一小截尷尬的黑暗
辛亥那年
一排子彈穿胸而過的黑暗
轟轟

烈烈
車行五十秒
埋葬五十秒
我們未死
而先埋
又以光的速度復活
入洞，出洞
我們是一羣魚嬰被逼出
時間的子宮
終站不是龍門
便是鼎鑊
我們是千堆浪濤中
一海一湖一瓢一掬中的一小滴
隨波　逐
一種叫不出名字的流

浮亦無奈
沈更無奈
倘若這是江南的運河該多好
可以從兩岸
聽到淘米洗衣刷馬桶的水聲
而我們卻倉皇如風
竟不能
在此停船暫相問，因爲
因爲這是隧道
通往辛亥那一年的隧道
玻璃窗外，冷風如割
如革命黨人懷中鋒芒猶在的利刃
那一年
酒酣之後
留下一封絕命書之後

他們揚著臉走進歷史
就再也沒有出來
那一年
海棠從厚厚的覆雪中
掙扎出一匹帶血的新葉

車過辛亥隧道
轟轟
烈烈
埋葬五十秒
也算是一種死法
烈士們先埋
而未死
也算是一種活法
入洞

僅僅五十秒
我們已穿過一小截黑色的永恆
留在身後的是
血水滲透最後一頁戰史的
滴答
出洞是六張犁的
切膚而又徹骨的風雨
而且左邊是市立殯儀館
右邊是亂葬崗
再過去
就是清明節

一九八三・六・二

清明四句

清明時節雨落無心
煙從碑後升起而名子都似曾相識
一隻白鳥澹澹掠過空山
母親的臉在霧中一閃而逝

一九八三・六・二二

雨天訪友

雨天過訪
尚未敲門
傘的水漬
濺入頸項
沿背而下
一陣寒意
如刀劃過
猝然想起
江南水聲

泠泠響自
小小運河
蜿蜒繞過
我家後門
三月水漲
魚羣吹浪
河中有船
岸上有人
隔水相問
原是同村

什麼樣的天氣
什麼樣的鄉愁
滿街只有風雨
不見一瓣杏花

驟聞高樓有人
哀歌胡笳十八
不待主人開門
我又隱入傘後
翻起風衣領子
追蹤雨聲而去

一九八三・七・一

武士刀小誌

那是
一把精鋼鍛鍊
劈幕府，刺權臣
以他人之血製造自己悲劇的
宮本武藏曾在海灘上
追殺一顆落日的
武士刀

一把將失敗解釋爲羞辱

削不斷怒髮
便表演
白刀子進紅刀子出的
切腹
之後便棄置於京都某町的
一條黑巷中的
武士刀

一把刄鋒雪亮
爲武運久長
爲東亞共榮圈
而飲過量人血的
以堆積如山的頭顱祭過的
於今與東條英機一同供奉在
東京靖國神社

在煙火中嘿嘿而笑的
武士刀

嗆然出鞘
寒氣依然逼人
歷經昭和多少年啦？
刀尖上凝聚的寃血猶滴
忍了五十年的傷仍在發炎
那「進入」中國胸膛的一刀
那「進入」九一八的一刀
「八」字的兩撇頓然翹起
翹起如刀尖上嬰兒的小腿
抽刀一看
只見缺口歷歷
竟然如那無齒而髮白的老軍曹

當年殺人的英雄
歷史中最有成就感的人物
而今悄立富士山峯
舉刀面對夕陽
刀光卻在哀哀餘暉中變色
瞿然傾聽，那陣陣的慘呼
正從南京，武漢
從瀋陽
從釜山
從馬來西亞多雨的叢林裏的
千載不瞑的怒目中
傳出
…………

…
而震耳的回聲
卻來自
長崎的原子彈紀念碑

後記：自新力牌電器與亞馬哈機車橫行世界以來，日本政府卽患了嚴重的短視與健忘症。當長崎廣島的原子彈陰魂仍在啾啾而泣時，日本文部省突發高燒，竟然昧著良心，竄改教科書中的侵略史實，以圖掩飾他們當年蹂躪鄰國土地，屠殺亞洲千萬人民的罪行。這一罔顧公理，抹殺血腥歷史，為其軍國主義死灰復燃鋪路的可恥行為，業已普遍激起亞洲各國的憤怒和譴責。

而第二次世界大戰期間日本對中國的瘋狂侵略，更是令人髮指，不論我大陸或臺灣同胞，無不深受其害。南京大屠殺的慘劇，國人創痛猶新，而其侵略戰爭所導致的中共坐大，因而造成今日中國的大分裂，尤其難辭其咎。隔世的寃仇或可化解，但民族的血債豈可抵賴！公道豈可不還！因此我們有千百種理由對日本政府這種顢頇的愚行提出嚴正的抗議。

今天，日本已由狂妄的軍事帝國，暴發為貪婪的經濟帝國，錢賺飽了，腦滿腸肥之餘，便忘記了他們當年血染人類歷史的罪惡，忘記了當年吃原子彈，逼近亡國邊緣的慘痛；乃睥睨天下，恣意孤行。其文部省官員與部分閣員不僅不知悔悟，且寧使武士刀帶愧，大和魂蒙羞，堅決不承認錯誤，對竄改的侵略史實拒絕加以改正。其擇惡固執，置其他民族的尊嚴於不顧的作為，是可忍孰不可忍！今天我們的國勢不振，某些人士因對日貿易關係不得不忍辱遷就，但中國人心未死，民族的志節不容輕侮。我們再不能對日本政府的汙衊保持沈默，如我們一味軟弱，忍氣吞聲，以求瓦全，則永遠無法還我歷史的清白，故憤而寫此詩，以示抗議。

一九八三・八・七

卷八：未集稿

觀仇英蘭亭圖

會稽山之陰
老丈三三兩兩
青衫儒者成羣
鋪蓆，置飲具於一株水柳之下
或繞著蘭亭轉圈子
俛仰之間，吟哦不絕
飲一些些酒
賦一些些詩
放一些些浪於敗草般的形骸之外

時值暮春
老者人手一杖，寬衣大袖
似乎仍抵不住滿山的風寒
鬚眉儼然
歷百代仍看不出
身爲過客的那種悽惶
只是臉色泛黃亦如紙色
我戴起老花眼趨前細看
酒杯空了
詩稿灰了
而形骸早已輪迴爲山
投胎爲水

一九八四・一・二十二

剔牙

中午
全世界的人都在剔牙
以潔白的牙籤
安詳地在
剔他們
潔白的牙齒

依索匹亞的一羣兀鷹
從一堆屍體中

飛起
排排蹲在
疏朗的枯樹上
也在剔牙
以一根根瘦小的
肋骨

一九八五・四・三十

挖耳

謠諑蠭起
一些隨風而逝
一些具化爲油質的耳垢
不僅癢
還隱隱作痛
徐徐伸進一根掏耳器
室外風雨頓時大作
掏耳器在宇宙鴻濛中運作
先掘一條縫

再挖一個小洞
陡見一束天光斜斜射入聽道
雨收雲散
青空朗朗
愚昧的話語
已化作深山鐘聲的迴盪
掏耳器徐徐從最深處退出

一九八五・四・三十

洗臉

柔水如情
如你多脂而溫熱的手
這把年紀
玩起水來仍是那麼
心猿
意馬

趕緊擰乾毛巾
一抹臉

擡頭只見鏡中一片空無
猿不嘯
馬不驚
水，仍如那隻柔柔的手
——一種淒清的旋律
從我的華髮上流過

一九八五・四・三

蟋蟀之歌

有人說：「在海外，夜晚聽到蟋蟀叫，還以為就是四川鄉下聽到的那一雙。」

從院子裏
一路唱到牆腳
唧唧
從石階的縫裏
突然又跳到
白髮散落的枕邊　唧唧

由昨日的天涯
被追到今日的海角
仍只聞其聲，不見頭，腳，翅翼
探首四方八面搜索
碧落無蹤
黃泉無影
裂開胸腔也找不到那具發音器
夜雨驟歇
窗外有月
月光傳下伐木的叮噹
此時羣星如沸
唧唧如泡沫，如一條小河
童年遙遙從上流漂來
今夜不在成都
鼾聲難成鄉愁

而耳邊唧唧不絕
不絕如一首千絲萬縷的歌
記不清那年那月那晚
在那個城市，那個鄉間
那個小站聽過
唧唧復唧唧
今晚唱得格外驚心
那鳴叫
如嘉陵江蜿蜒於我的枕邊
深夜無處雇舟
只好溯流而泅
三峽的浪在天上
猿嘯在兩岸
魚
豆瓣魚在青瓷盤中

唧唧
究竟是那一隻在叫？
廣東的那隻其聲蒼涼
四川的那隻其聲悲傷
北平的那隻其聲聒噪
湖南的那隻叫起來帶有一股辣味
而最後——
我被吵醒的
仍是三張犁巷子裏
那聲最輕最親的
唧唧

一九八五・七・四

華西街某巷

一位剛化過妝的女人站在門口
維持一種笑
有著新刷油漆的氣味
另一位蹲在小攤旁
一面呼呼喝著蚵仔湯
一面伸手褲襠內
抓癢

一九八五・八・二十

形而上的遊戲

一把骰子擲下去
飛旋著
一個驚怖的漩渦
衆神靜默

五指驟張
開始冒汗
天地
玄黃

在碗中
滴
溜
溜
地，飛旋
銀河系的黑洞中
遙遙傳來星羣失足時的
驚呼

那凹形的側面
滾動著
或然率叮噹作響
動，是無限生機
是存在的諸多樣式
是一次又一次的輪迴

一次又一次
連滾帶爬的
悲愴的旅程

五指未張開之前
衆神靜默
當所有寺院的鐘聲
次第響起
掌中盈握的宇宙
逐漸縮小爲
一卵
一石
一方方的
滾動的未知
誰也無從預測

輸掉的
是昨日的滄海
　明日的桑田
抑或億萬年來看盡白雲蒼狗
蒼狗白雲的天空
五指
未張開之前
是掌底大風暴
是生死大對決
或只是一場形而上的遊戲
一本錯字連篇的經書
信也不是
不信也不是

撒手

擲下去了
飛旋著
一個誘人深入的漩渦
軟體以及硬體
分析以及推理
易經以及紫微斗數
皆無助於預知
我們一生將如何被安排——
安排於何處登舟
何處上岸
更無從辨識
那深紅的點子
是傷疤？抑或胎記？
隨便一擲
便滴溜溜地

滾回了太初
宇宙
洪洪荒荒
在煙霧迷濛中
衆神靜默
俯視著
一個驚怖的漩渦

一九八五・十・二十九

車上讀杜甫

劍外忽傳收薊北

搖搖晃晃中
車過長安西路乍見
塵煙四竄如安祿山敗軍之倉皇
當年玄宗自蜀返京的途中偶然回首
竟自不免為馬嵬坡下
被風吹起的一條綢巾而惻惻無言
而今驟聞捷訊想必你也有了歸意
我能搭你的便船還鄉嗎？

初聞涕淚滿衣裳

積聚多年的淚
終於氾濫而濕透了整部歷史
舉起破袖拭去滿臉的縱橫
繼之一聲長歎
驚得四壁的灰塵紛紛而落
隨手收起案上未完成的詩稿
音律不協意象欠工等等問題
待酒熱之後再細細推敲

卻看妻子愁何在

八年離亂
燈下夫妻愁對這該是最後一次了
愁消息來得突然惟恐不確

愁一生太長而今又嫌太短
愁歲月茫茫明日天涯何處
愁歸鄉的盤纏一時無著
此時卻見妻的笑意溫如爐火
窗外正在下雪

漫卷詩書喜欲狂

車子驟然在和平東路煞住
顛簸中竟發現滿車皆是中唐年間衣冠
耳際響起一陣窸窣之聲
只見後座一位儒者正在匆匆收拾行囊
書籍詩稿舊衫撒了一地
七分狂喜，三分欷歔
有時仰首凝神，有時低眉沈吟
劫後的心是火，也是灰

白日放歌須縱酒

就讓我醉死一次吧
再多的醒
無非是顛沛
無非是泥濘中的淺一腳深一腳
再多的詩
無非是血痞
無非是傷痕中的青一塊紫一塊
酒，是載我回家唯一的路

青春作伴好還鄉

山一程水一程
擁著陽光擁著花
擁著天空擁著鳥

擁著春天和酒嗝上路
雨一程雪一程
擁著河水擁著船
擁著小路擁著車
擁著近鄉的怯意上路

卽從巴峽穿巫峽

車子已開出成都路
猶聞浣花草堂的吟哦不絕
再過去是白帝城，是兩岸的猿聲
從巴峽而巫峽心事如急流的水勢
一半在江上
另一半早已到了洛陽
當年拉縴入川是何等慌亂悽惶
於今閑坐船頭讀著峭壁上的夕陽

便下襄陽向洛陽

入蜀，出川
由春望的長安
一路跋涉到秋興的夔州
現在你終於又回到滿城牡丹的洛陽
而我卻半途在杭州南路下車
一頭撞進了迷漫的紅塵
極目不見何處是煙雨西湖
何處是我的江南水鄉

一九八六・一・十

魚的系列

史前魚

最後一日
我終於在化石中找到了你
一滴
通體晶瑩的
淚
在一面考古的
放大鏡下
我看到億萬年前

你水質般的魂魄
漸次成形，且
擴大為
一尾史前魚

愛的唼喋

你以溫潤的脣
舐著岸邊的石頭
石頭額際的青苔
呼嘯而來的
海藻
以千隻柔韌的臂
纏繞你
直至吐出滿腹的
愛的唼喋

從黑水晶裏游來

衆星燦然
不如你眼中的熠熠
想必你正
從黑水晶裏游來
鱗片閃光
如一室暖和的燈火
雙目時開時闔
偶爾擺尾
便把一池漣漪
激成狂濤

相忘於江湖

誰能知曉

一尾深水魚的哀樂？
莊子負手不答
向湖心扔出一塊石子
居然水波不興，只好
以苦笑作爲結論
我卻深知
我們必得相忘於江湖
無視於海
無視於岸
你
與我
乃是被水隔絕
而又在水中相聚的
驟來的
驚喜

近乎悲哀的體溫

你的鰭
左右作三十度的擺動
當體溫表靠近你
便降到
近乎悲哀的刻度
有沒有下雪都一樣

我開始
撫你那白色的腹肌。用嘴
輕輕承接你嘴中
曾經沸騰過的
泡沫

我開始燃燒
以你那近乎悲哀的體溫

海的召喚

夕暮的沙灘上
我吹奏海螺召喚你
你歡然踏水而來
從千浪中
高舉著一顆
叫人想哭的落日

我黯然坐下
繼續以沙石堆積
我們在雲中的新居

在上游等你

深藏你以全部的水
海之外有湖
湖之外有河
河之外有沼澤
四岸無人
我開始垂下一根長長的繩
將你
從前生釣到今世
而來生
我將橫跨龍門
在上游等你

一九八六・五・一

寄鞋

間關千里
寄給你一雙布鞋
一封
無字的信
積了四十多年的話
想說無從說
只好一句句
密密縫在鞋底

這些話我偷偷藏了很久
有幾句藏在井邊
有幾句藏在廚房
有幾句藏在枕頭下
有幾句藏在午夜明滅不定的燈火裏
有的風乾了
有的生霉了
有的掉了牙齒
有的長出了青苔
現在一一收集起來
密密縫在鞋底

鞋子也許嫌小一些
我是以心裁量，以童年
以五更的夢裁量

合不合腳是另一回事
請千萬別棄之
若敝屣
四十多年的思念
四十多年的孤寂
全都縫在鞋底

後記：好友張拓蕪與表妹沈蓮子自小訂婚，因戰亂在家鄉分手後，天涯海角，不相聞問已逾四十年；近透過海外友人，突接獲表妹寄來親手縫製的布鞋一雙。拓蕪捧著這雙鞋，如捧一封無字而千言萬語盡在其中的家書，不禁涕淚縱橫，欷歔不已。現拓蕪與表妹均已老去，但情之為物，卻是生生世世難以熄滅。本詩乃假借沈蓮子的語氣寫成，故用辭力求淺白。

一九八七・三・二七

白色墓園

白的　　一排排石灰質的
白的　　臉，怔怔地望著
白的　　一排排石灰質的臉
白的　　乾乾淨淨的午後
白的　　一羣野雀掠空而過
白的　　　天地忽焉蒼涼
白的　　碑上的名字，以及
白的　　無言而騷動的墓草
白的　　岑寂一如佈雷的灘頭

白的　十字架的臂次第伸向遠方
白的　遠方逐漸消失的輓歌
白的　墓旁散落著花瓣
白的　玫瑰枯萎之後才想起被捧著的日子
白的　馬尼拉海灣的落日
白的　依然維持彌留時的
白的　體溫，一萬七千個異國亡魂
白的　依然維持出擊時的隊形
白的　數過來，數過去
白的　依然只是，一排排
白的　一排排石灰質的臉
地層下的呼吸　白的
沈沈如砲聲起伏　白的
這裏有從雪中釋出的冷肅　白的

不需鴿子作證的安詳　白的
一種非後設的親密關係　白的
存在於輕機槍與達達主義之間　白的
月光與母親之間　白的
水壺和乾涸的魂魄　白的
鋼盔和鳶尾花　白的
聖經和三個月未洗的腳　白的
嚴肅的以及卑微的　白的
在此都已曖昧如風　白的
如風中揚起的　白的
一襲灰衣，有人清醒地　白的
從南方數起，一小撮一小撮　白的
有磷質而無名字的灰燼　白的
散佈於諸多戰史中的　白的
小小句點　白的

死與達達　　　　　　　　　　白的
都是不容爭辯的　　　　　　　白的

後記：今年二月一日起，我與八位臺灣現代詩人，應菲華文藝社團之邀訪問馬尼拉七天。二月四日下午參觀美堅利堡美軍公墓；抵達墓園時，只見滿山遍植十字架，泛眼一片白色，印象極為深刻，故本詩乃採用此一特殊形式，以表達當時強烈的感受。

本詩分為兩節，寫法各有不同，第一節以表現墓園之實際景物為主，著重靜態氣氛的經營；第二節則以表達對戰爭與死亡之體悟為主，著重內心活動的知性探索，而兩節上下「白的」二字的安排，不僅具有繪畫性，同時也是語法，與詩本身為一體，可與上下詩行連讀。

一九八七・三・三十

煉

葛藤纏身
且時有折木摧花之痛
而樹
一點抗拒的意思也沒有
因它的果子
早已在一場大火中成熟

一九八七・四。三十

洛夫論

葉維廉

一、「我是一隻想飛的煙囪」：禁錮與騰躍

我們太容易忽略一些所謂不成熟的詩。生命的痕跡有千萬種蛻變，所謂柔軟的情思，年長後覺得不忍卒讀，便棄屍在塵封的屋角；但對我們來說，它們起碼有兩種可助追索的作用。現以洛夫為例：其一，我們要問：詩人洛夫當時處於怎樣的一種情緒狀態？那種境況在後來的蛻變中有什麼迴響？其二，早期的文字和後期的文字比較，可以顯出詩人對表現策略的考慮。第二點留到第三節討論。

這一節的題目「我是一隻想飛的煙囪」，乃摘自洛夫少作「靈河」集（一九五七）的「煙囪」一詩（四十頁）。該詩「附記」上說：「去年秋天某日，向晚小立窗前，無煙無酒，連聊天的友人鬼影子也不見一個，眺望遠處一隻瘦長的煙囪在夕陽中矗立，寂寞亦如我。它固不能離開它的空間，而我又何嘗能擺脫這個世界！」又說：「寫此詩前，我失眠整夜，詩成，竟泣不成聲矣。」

這裏不是一隻「想飛」的雲雀，不是善病工愁、帶著幾滴多情眼淚的少年；雖然那時候洛夫

的詩，在語字上，偶爾還帶著五四年代的一些傷涕夢啼的調調：

誰使我禁錮，使我溯不到夢的源頭？……
我想遠遊，哦，那長長的河，那青青的山
如能化為一隻凌雲的野鶴，
甚至一粒微塵，一片輕煙……（靈河・四一頁）

我說這裏不是善病工愁的少年，因爲這首詩的作者不是在幻想飛向某種少年的夢境，而是戰爭傷殘過後，從多次死亡中逃出來，隨著軍隊渡過與他家園永絕的臺灣海峽暫時停駐後對那失去的世界的追望。不是一隻「想飛」「雲遊」的輕盈的鳥，而是飛不起來的孤寂而黯然的煙囱。飛不起來的飛的欲望，便構成了他後來全部詩作的努力，用沛然騰躍、塞乎天地間的氣勢，來克服和取代那肉體之被禁錮。

洛夫不是夢樣的少年，因爲對於他，「生活」是

嚼著五毛錢的尤魚乾
這條路我走得好吃力（靈河・三十二頁）

生活是：食之無味，棄之可惜。不是夢樣的少年，雖在夢與愛的追求中，作爲一個少年，偶爾還有美的陶醉和哭與淚，因爲，在他「孤」與「絕」的生活中，他希望爲那游離無著的生活繫舟，但他「找不到一座島」；他找不到一座島而宣告說「我就是島。」（靈河・二十四）所謂現實，不能從字面去了解。他肉身當然是生存在一個島上；但那個島，在他被戰爭從母體大陸切斷之際，

不是他靈魂的歸屬。對他來說，精神的家才是現實。詩人，在無法把握住那外在的世界時，只能肯定內在的崖岸：「我就是島」。讓人的精神克服那無法量度的距離，用創造去重塑生命的意義。這一直是他中、後期成熟的詩的使命。即在這段猶為青澀的日子裏，詩人已經用「建築般的穩定」（見「石室之死亡」初稿之二）發出他沈毅橫空的宣言和自許：

上帝用泥土捏成一個我，
我却想以自己作模型塑造一個上帝。（「歸屬」，靈河．三十七頁）

尤有進者；他還要承擔起那近乎荒謬的行動：「我負荷著世界又走進了世界」。這好比說：我有著一刀一刀把自己割切下來去認識自己一樣的痛苦。既在世界中又如何能負荷世界呢？就是因為足踏的世界，對他來說，畢竟是一個無感無覺、生死無判的個體，而眞正構成他心中的「眞實」的，却是那無限的沉重、死灰般的沉重：

……攀登危樓之頂，四顧蒼茫，
這裏觸摸著深空，擁抱著宇宙之核心，它佔領我生命整個的空間（「危樓」靈河．二十九頁）

我們可以看見，「攀登四顧」、「擁抱宇宙之核心」、「負荷著世界」，實在是屈子以來傳統中國詩人的情操。但他寫的則是人被狠狠地拋擲入破碎、氣脈中斷、陰影覆蓋的死滅的空間。這空間所具有的奇特的眞實感，以洛夫和他同代詩人的際遇來看，自然與狂暴戰亂所導致與大陸母體文化切斷有關。所以，這個空間既是物理的空間也是文化與內心的空間，帶著無限歷史的廻響，洛夫後來的詩的衍化，便是由這個空間的凝注開始（包括在這空間中種種肌理的顫動），到從這個空間的突圍而出，從而對藝術與宇宙之間所建立的對應作出肯定。

我們從洛夫早期的詩「靈河」中拈出詩人當時生存的孤絕的境況，目的在確立他情緒、情懷的歷史性；他的「孤絕」絕非是虛幻、虛無的。而這裏拈出的母題，我們在以後的詩作中可以看出不少的廻響。現在只想提出兩首，以見「孤絕」在他不同歲月下所產生的情緒的理路（這裏暫不談文字技巧）。第一首是膾炙人口的「獨飲十五行」（一九七一）

令人醺醺然的
莫非就是那
壺中一滴滴的長江黃河
近些日子
我總是背着鏡子
獨飲着
胸中的二三事件
嘴裏嚼着尤魚乾
愈嚼愈想
唐詩中那隻焚着一把雪的
紅泥小火爐
一仰成秋

再仰冬已深了
乾
退瓶也只不過十三塊五毛

後記：此詩寫於我國退出聯合國次日，詩成，沽酒一瓶，含淚而下。（魔歌．八四－八五頁）

「靈河」和這首詩相去二十年，那「隔斷」的孤絕每況愈下，詩人的無奈依舊，嚼的尤魚乾，自然仍是食之無味，棄之可惜；但詩人在時間的急變中，把傷痛一揮，生命彷彿就是退瓶那樣的瑣碎。但在那滿不在乎的姿態中，實在沒有、也無法忘記那可能永遠失去的空間：「莫非就是那／壺中一滴滴的長江黃河。」

這個空間始終纏繞着詩人的夢寐。但最複雜的，但也最眞實的是「車上讀杜甫」（一九八六年）。這時詩人已經五十八歲。他在別的詩作裏，自然還有另一些新的追尋和新的肯定，我們在後面會一一論到。但就生存的現實來說，對洛夫和其他隨着政府到臺灣的人們，此時都已步入老年，那「夢的源頭」仍是渺遠無着。而那持之以存的內在化的空間也許終將失去。車上讀的是杜甫的「聞官軍收河南河北」，杜甫聞薊收復想像作伴還鄉的情緒。但對洛夫此時此地，每一個字都喚起中原和歷史——杜甫的、他自己的記憶；又偏偏車過長安西路、成都路等。一時似幻仍眞、似眞仍幻，一時杜甫的空間，他記憶中中原的空間、他在車上所見的空間、他生存的境遇、家國的空間都交錯在一起。這首詩有強烈的、獨特的歷史眞實，是年輕的或生於臺灣的詩人無法寫出來的。現在只錄兩段：

•漫卷詩書喜欲狂

車子驟然在和平東路剎住
顛簸中竟發現滿車皆是中唐年間衣冠
耳際響起一陣窸窣之聲
只見後座一位儒者正在匆匆收拾行囊
書籍詩稿舊衫撒了一地
七分狂喜，三分歔欷
有時仰首凝神，有時低眉沉吟
劫後的心是火，也是灰

•便下襄陽向洛陽

入蜀，出川
由春望的長安
一路跋涉到秋興的夔州
現在你終於又回到滿城牡丹的洛陽
而我却半途在杭州南路下車
一頭撞進了迷漫的紅塵
極目不見何處是煙雨西湖
何處是我的江南水鄉

從一九五七年「靈河」（估計有些詩成於五四、五六年間）到「車上讀杜甫」（一九八六年）之間，我們清楚地看到詩人游離或馳騁在一個同時充滿着歷史、文化如個人記憶的內在空間，一面作「時不我予」激動的感歎，一面「在血中苦待一種慘痛的蛻變。」（「巨石之變」，見「魔歌」一九五頁。）

二、「孤絕」的理路與政治社會的參與

洛夫常被視爲中國現代主義典型的代表，也因此受到的批評最多，尤其是「石室之死亡」中「孤絕」所發散的死氣瀰漫的生命、凌遲的顫慄、駭人的靜止和純粹性、近乎野蠻的一種怪異的迷惑、或是鬼靈似的橫空的驚呼等。非議者所持的理由之一，是詩中意象過濃、造語奇特所造成的難懂。關於這一點，現在已有不少專論，可以證明這是解讀方法的差別，而不完全是詩的困難，雖然我們也不否認有些段落確有難人之處。（見李英豪「論洛夫的『石室之死亡』」；林亨泰：「大乘的寫法——論石室之死亡」和張漢艮「論洛夫後期風格的演變」。）非議理由之二，臺灣的社會，當時還是農業重於工業的狀態，完全沒有達到高度發展資本主義下人所受到的異化和心理的病變，所以在臺灣現代主義的出現是虛幻的；它，像西方的現代主義一樣是頹廢的、墮落的，極端個人主義的；不關心社會，背離現實，沉醉於虛無與夢幻等等。我在上一節已說明，他所寫的空間是根源於獨特的歷史性。但這並不能完全化解這第二點的非議。

首先，非議的第二個理由來自庸俗的機械的馬克斯論者，只能算是一種詮釋的方法，但由於說法粗糙，大致都被後期的馬克斯論者所否定。

藝術風格的形成和轉變不能按照政經文化一對一的方法來決定。後期馬克斯論者阿圖塞就曾說：同一個政經文化下，由於種種其他的因素，可以產生不同的風格。有時，當一種風格被用濫的時候，或當它在發展過程中有了另一種可能的提示時，一種新的風格便告產生；它的產生很多時候不是隨着社會經濟的變動而變動的。在文學史上，所謂時代錯亂的風格已屢見不鮮。而當我們從跨文化的角度來看時，詮釋歷史發展必然性的神話，尤其不易確立。

這也不是說洛夫所代表的現代主義和西方的現代主義互不相涉。我們應該提出這樣的問題：洛夫在怎樣的一種文化氣候、政治社會狀態下發現了類似西方現代主義的觀物態度與方法，或者，他在西方現代主義中找到什麼適合於表現他內心空間的策略？他所找到的廻響只是一種廻響；它和發音源頭的原狀況自然可以不同。

人在一種什麼情況下會突然同時背離自然與社會，而在一種內在的行程裏尋索與猶疑呢？最常發生的情況是：當他被某種强大的突變（如天災、戰亂、毀滅性的肢解和瀕臨死亡等）驅入一種絕境時——譬如被放逐——，人突然與凝融一切的文化中心割離，迷失在文化的碎片間，和在肢解的過去和疑惑不定的將來之間徬徨。這時人轉向內心求索，找尋一個新的「存在的理由」，試圖通過創造來建立一個價值統一的世界（那怕是美學的！）這個雛型我們可以追源到「離騷」，也可以在杜甫的「秋興」，魯迅的「影的告別」和「墓碣文」，聞一多的「死水」，穆旦的「我」中找到廻響。

一個極端的例子是，西方高度工業化的現代社會，人在不斷分化支離及物化的過程中和知識被破裂爲許多獨立互不相涉各自爲政的單元之際，發現他面臨雙重的危機：自然體的我的存在性和語言的存眞性都受到燃眉的威脅。因此，寫作是一個知識追索的行程，通過猶存的「感覺」，重新取得「可感」的存在，如此，也許可以使工業神權與商業至上主義砸碎的文化復活。寫作也是要通過語言的自覺，剔除文化工業以來加諸它身上的工具性而重獲語言的眞質。

但現代主義在西方的興起是具有積極性的。讓我們用最簡單的方式略加說明。

現代主義在西方的興起，無論是艾當諾與霍克海默（Theodor Adorno and Max Horkheimer）所重視的那種講求完整結構和自身具足的作品，或是班傑民和布萊希特（Walter Benjamin and Bertolt Brecht）所重視的前衞藝術，都是要和物化、異化、減縮化的社會力抗衡，都是要重新喚起被壓抑下去的、被遺忘了的人性和文化層面，都是要指向社會重建的深層意識。

艾氏與霍氏認爲：眞正的藝術必然是具有解放的潛力，從壟斷資本主義下物化、商品化、目的規劃化的文化取向中（即所謂「文化工業」）解放出來。眞正的藝術是在它純粹昇華而彷若超然於社會或無涉於社會的狀況下而肯定其獨特的社會性。現代詩、現代藝術、現代音樂，在保持着它們的自發性而與現行制限性的社會形成一種張力，同時在它們超越現行社會狀態時指向失落的人性；換言之，它們在所謂「社會性的缺乏中反而把社會壓制自然與人性的複雜性眞實地反映出來」①。「美感的昇華是把（文化工業）所鼓吹的理想實現性之假面具揭發開來；文化工業做的不是昇華，而是壓制。」②艾氏在「詩與社會」一文中說：

> 當編制性的社會愈超越個人，抒情的藝術的情況愈游疑不定。波特萊爾是第一個註記這個現象的詩人，他拒絕止於個人的痛楚……他超越個人的痛楚而控訴整個現代世界反抒情（反詩）的態度，通過

一種近乎英雄式風格的語言，他從控訴中搥鑿出真詩的火花……通過一種自身絕對客觀性的建立，這種詩無視現行社會狹窄的、受限歷史性的、意識型態偏面的所謂客觀性的傳達方式……而設法保持一種活潑潑、未變形、未沾污的詩。③

現代主義中的前衛藝術則是强調對布爾喬亞體制下藝術的攻擊，在策略上用的是驚世駭俗的姿態與行動，包括出人意表的破壞，包括把非藝術事物視爲藝術，包括非策劃性的自動語言和即興創作等等；在精神上是要驚醒羣衆，使其明白他們是在布爾喬亞意識的囚制下生活，最終的目的可以引發至政治的革命和社會的改革。

我們可以看見，西方現代主義這兩種取向在本質上是針對「知識思想工具化、隔離化、單線化」的現行社會而發；在策略上，一則向內追求一種失去的圓融，一則向外行動以求突變；二者都帶有烏托邦意欲，都要打開藝術潛藏的解放力。

我們現在回過頭來看洛夫，可以發現他詩中有不少對現代主義的廻響；但這些廻響並不是來自對過度工業發展的反應。他的「孤絕」另有構成因素。事實上，上面有幾句話幾乎可以直接移用到洛夫的詩上，如「眞正的藝術是在它純粹昇華而彷若超然於社會或無涉於社會的狀態下而肯定其獨特的社會性……在保持它們的自發性與現行限制性的社會形成一種張力……超越現行社會狀態指向失去的人性」，但以洛夫的情況而言，「壓制」的來源不是西方式的文化工業，而是深藏着長久的歷史烙印和極其複雜的政治情結。我們在下面討論「孤絕」的成因時再加細論。讓我們繼續指出廻響。像西方現代主義者一樣，他超越個人的痛楚而控訴現代世界反抒情（反詩）的態度，他在「石室之死亡」第四十六首中說：

神哦，我所能奉獻於你脚下的，只有這憤怒！

他在「自序」和詩劇「借問酒家何處有」裏有進一步的說明：

攬鏡自照，我們所見到的不是現代人的影像，而是現代人殘酷的命運，寫詩卽是對付這殘酷命運的一種報復手段。（石室之死亡・序）

（借杜甫的口說）無奈我杜某生不逢辰，命途多舛，手觸到的無非是帶血的荆棘，脚踩過的無非是坎坷與濘泥，身上纏着一條大蟒蛇，你愈掙扎，它把你綑得愈緊，寫詩吧！寫詩就是我採取的唯一報復手段。（時間之傷・三〇五頁）

纏身的大蟒蛇，其象徵是多層次的，它可以代表政治氣候，但更重要的可能指根深柢固的庸俗實用主義與思想的保守主義。

構成洛夫作爲一個詩人特殊的「孤絕」與「憤怒」的因素相當複雜。有燃眉的近因，有深遠難解的遠因，有生存的威脅，有語言的危機，以及在這個時期還潛藏着而後來變得顯赫重要的承傳問題。這些對詩人感受的冲激，不弱於西方所說的「文化工業」。

先說近因，帶着三十年代的詩語言和四十年代的一些美學關懷的洛夫，當他隨着軍隊渡過海峽到臺灣的時候，除了第一節所提到的「與家園永絕」的黯然之外，他的「禁錮」感受不只是個人的，而且是全社會的。當時的臺灣，自第七艦隊進入臺灣海峽之後，已經被納入世界兩權對立的舞臺上，而且成了自由世界的前衞。旣是屬於自由世界的陣營，當然要鼓吹自由思想，自由行動了；但事實上，剛剛被迫遠離大陸，敵人只有一水之隔，隨時有被突然攻陷之虞；所以在政治上，隨着防衛的需要，便實行有形無形的禁制。文字的活動與身體的活動都有某種程度的管制。與家園隔絕、懷鄉、渴求突圍出去、或打破沉悶與焦燥，却又時時沉入絕望之中，一種强烈的沈淵似的低氣壓呼應著冷戰初期的氣象。這種低氣壓瀰漫了相當一段時間，幾乎到臺灣經濟起飛之前，都隱約感染著當時的島住民。

我們應該注意到，這個令人絕望的禁錮感，除了反映政治緊張狀態下的現實情境外，顯然還投射到別的層面上去，如個人的存在猶如自囚這一個近乎存在主義的課題；又如中國文化之被放逐與禁錮。這三個層次——個人、社會、民族的「走投無路」，在當時構成了創作者特殊的孤絕意識。我在後面將會有進一步的衍論。

所謂有形無形的禁制如何影響到詩人的文字策略，我們可以看看瘂弦這段回顧的文字：

> 瘂弦：五〇年代的言論沒有今天開放，想表示一點特別的意見，很難直截了當地說出來；超現實主義的朦朧、象徵式的高度意象的語言，正好適合我們，把一些社會的意見、抗議隱藏在象徵的枝葉後面。（「現代詩三十年的回顧」，中外文學，一九八一年六月，一四六頁）

「永絕家園」的廢然絕望確是當時的傷痛，但他們不能說，如換一個方式，借用一首古詩的聲音說：「予欲望魯兮，龜山蔽之，手無斧柯，奈龜山何」④，這卽是無形的禁制下的轉喻。

> 而我只是在歷史中流浪了許久的那滴淚
> 老找不到一付臉來安置（石室之死亡・三三首）

這些最後或許可以視作「孤絕」「傷痛」的一些聲音的蛻變，甚至整首「石室之死亡」，都可從這個角度去看。但這樣解釋我們覺得太著相了；詩人們所承擔的壓力，直接的無疑是上述的政治氣候；但構成這個氣候的，也不只是一個政黨的問題，而是政治與社會結構中的一個失去文化凝融的情結，和這些結構中長久以來反人性反自然質素的沈澱。

創作者當時的憂懼與瞻望，超過了眼前的現實。因爲自從列強入侵以來，中國民族和文化的原質根性已經被放逐了。從一向被視爲神聖不可侵犯的中國迅速的崩潰和空前的割地讓權開始，中國人已失去了至今猶未挽回的民族自信。我在一篇題爲「中國文學的前途」文稿上說：「在攝取西方文化的初期，傳統的美學立場和中國民族的原質根性都一直受到威脅。由於列強帶來了毀滅性的壓迫、亡國的恐懼和無法形容的辱國，作家們，戰戰兢兢的、缺乏信心的、甚至帶著恥辱地踏上歷史的戰場，彷彿神聖不可侵犯的光榮的中國如今縮小爲衆人嘲弄的侏儒！彷彿所有精純的文學藝術的作品只不過是野蠻的表達！」⑤而在設法調適傳統與西方文化時落入了一種「既愛猶恨，說恨還愛」的情結，亦即是對傳統持著一種驕傲但又同時唾棄的態度，對西方既恨（恨其霸權式的征服意識）而又愛其輸入來的德先生與賽先生。但中國眞正文化的凝融力量在那裏？西方眞正的凝融力量（如果有！）又在那裏？是至今未能解決的問題。（「當鏡的身份未被面貌所肯定」，石室之死亡、四十二首）

事實上，從五四開始，中國作家便被放逐入一個中國文化的空虛裏，各自在「行程」中尋索、猶疑、追望，而時時陷入絕境。魯迅說：「然而我不願彷徨於明暗之間，我不如在黑暗裏沈沒。然而我終於彷徨於明暗之間……」（影的告別）。他是第一個流露這種境況的人，他希望在墓碣上找到一些指示，但只有殘跡：「有一游魂，化爲長蛇，口有毒牙，不以嚙人，自嚙其身，終以殞顚）……「抉心自食，欲知本味。創痛酷烈，本味何能知？……痛定之後，徐徐食之，然其心已陳舊，本味又何由知？」（墓碣文）「彷徨尋索而未得，內嚙又不知本味」就是現代中國人民族文化原質根性放逐後的傷痛。爲了同樣的原因，聞一多的詩中充滿「死的慾望」，欲求死而得再生：「索性讓爛的越加爛了／……爛穿了我的核甲／爛破了我的監牢／我的幽閉的靈魂／便穿著豆綠的背心／笑迷迷地要跳出來了！」（爛果）。

中國文化放逐後的虛位，直接影響到自我的虛位，請看穆旦的「我」

從子宮割裂，失去了溫暖，
是殘缺的部分渴望著救援，
永遠是自己，鎖在荒野裏，

從靜止的夢離開了羣體，
痛感到時流，沒有什麼抓住，
不斷的回憶帶不回自己，

遇見部份時在一起哭喊，
是初戀的狂喜，想衝出樊籬
伸出雙手來抱住自己

幻化的形象，是更深的絕望，

永遠是自己，鎖在荒野裏，
仇恨著母親給分出了夢境

一九四〇、十一（「探險隊」昆明：文聚社，一九四五，五五、五六頁）

這就是我所說的「既愛猶恨說恨還愛」的文化情結，也是我自己一度爲自己的詩所提出的「鬱結」。

在上面舉的三個例子中；都不應說是個人主義頹廢、病態的發洩。因爲這三個例子中的情結，既是個人的也是社會的，更是民族的。而隨著文化的放逐而來的是美感風範的放逐，代之而起的是清朝以來庸俗的實用主義和强烈的目的功用論（如說詩書六藝是不事生産的東西；詩人是瘋子，詩是囈語，沒有建設性云云），而鞏固這種功用論的是中國傳統政治社會中沈澱下來反自然反人性的專一排他的行爲。洛夫曾借杜甫的聲音說：

唉！時代愈進步，詩道愈淪落，庸俗之輩，又喜愛謬論，知詩者，一代不如一代。（時間之傷・三〇六頁）

這句話，從某一個角度來看，是把詩看成一種「貴族」；但如果說話者是「知我者，謂我心憂；不知我者，謂我何求」的情操，或者是「心之憂矣，如或結之」那種情感的負重，便不是關在象牙塔的「貴族」，而是「天降大任」那種使命驅促的憂憤。

「文化虛位」的憂懼，在「憂結」的詩人的心中，因著一九四九年狂暴戰亂導致與大陸母體頓然切斷而濃烈化、極端化。「『現在』是中國文化可能全面被毀的開始，『未來』是無可量度的恐懼」。詩人們要問：「我們如何去了解當前中國的感受、命運和生活的激變與憂慮、隔絕、鄉愁、精神和肉體的放逐、夢幻、恐懼和游疑呢?」⑥

「文化虛位」的憂懼，更因爲當時語言的失眞而加速。當「旣愛猶恨說恨還愛」的情結變爲情緒的游疑不定和刀攪的焦慮，報章雜誌上的作品，盡是些非藝術性的、功用性極强的所謂積極意識與戰鬪精神，完全沒有爲當時的文化虛位憂懼感存眞。我們現在回頭來看，現代詩容或在晦澀上有了錯失，但在擊敗五十年代那類作假不眞、虛幻不實的文學上，是功不可沒的。

對洛夫所處歷史場合與文化情結的複雜性有所了解之後，我們便不難掌握早期「想飛的煙囪」所代表的「禁錮」意識在「石」詩中蛻變的諸種形相：

我確是那株被鋸斷的苦梨
在年輪上，你仍可聽清楚風聲、蟬聲（石室之死亡‧一首）

這個意象所發射出來的不只是個人的「切斷」、「創傷」、「生命無以延續的威脅、而歷史的記憶與傷痕則繼續不斷」的情境，而且也是社會的、民族的，和文化的「切斷」、「創傷」、「生命（文化）無以延續的威脅」和「歷史的記憶和傷痕不斷」的廻響。是的，這是一個內在化的境，是「主觀意識投入」的形象，但它不盡是個人主義虛幻的構成。再看：

口渴如泥，他是一截剛栽的斷柯（石室之死亡‧八首）
天啦！我還以為我的靈魂是一隻小小的水櫃
裏面卻躺著一把渴死的杓子（石室之死亡‧五九首）

你，一隻未死的繭，一個未被承認的圓
一段演了又演的悲劇過程（石室之死亡．四三首）
而靈魂只是一襲在河岸上腐爛的褻衣（石室之死亡．十九首）
神蹟原只是一堆腐敗的骨頭（石室之死亡．十三首）
你確信自己就是那一甕不知悲哀的骨灰（石室之死亡．十四首）
我卑微亦如死囚背上的號碼（石室之死亡．三首）

詩人彷彿說：個人、社會、民族正夾在「死斷」（斷柯）與「重生」（剛栽下所帶來生之渴欲）的焦慮之間（我們記得魯迅曾借裴多菲的話說：「絕望之爲虛妄，正與希望相同」），而靈魂渴死（我們記得聞一多在「奇蹟」裏說：「這靈魂是眞餓的慌」）；中國是一隻未死的繭，如何可以化爲飛揚的彩蝶呢？她是一個未被承認的圓，「啊，願那蛻殼化爲灰燼」（聞一多：「奇蹟」）。在我們最後化爲一個號碼之前，在靈魂終於腐爛在河岸之前，我們已經無法寄望神蹟，因爲神蹟已給了中國光榮的過去，現在只是一堆腐敗的骨頭。

「石室之死亡」中充滿了生死的冥思（尤其是第十一首），包括死的誘惑（尤其是第十二首），和由死到重生（如第十三首中死與子宮的並列，亦即是張漢良所說的「生兮死所伏，死兮生所伏」⑦，貫穿全詩的是黑色的意象，和光之不斷被追殺（如第五首）。

往來於皮肉與靈魂之間
確知有一個死亡在我內心（第十一首初版）

我們記得聞一多的「爛果」（見前）渴欲死去以求新的誕生，渴望黑蟲子把果肉（腐爛中的中國）齩爛，好讓他幽閉的靈魂穿著豆綠的背心跳出來。同樣我們聽見洛夫說：

> 我們將苦待，只為聽真切
> 菓殼迸裂時喊出的一聲痛（石室之死亡・三九首）

像聞一多一樣⑧，洛夫對死亡感到強烈的誘惑：

> 山色突然逼近，重重撞擊久閉的眼睛
> 我便聞到時間的腐味……
> 我把頭顱擠在一堆長長的姓氏中
> 墓石如此謙遜，以冷冷的手握我
> 且在它的室內開鑿另一扇窗，我乃讀到
> 橄欖枝上的愉悅，滿園的潔白
> 死亡的聲音如此溫婉，猶之孔雀的前額。（石室之死亡・十二首）

這種死的誘惑不是頹廢、虛無，或病態，而是在文化虛位進入絕境的痛楚中的一種背面的欲求，亦即是帶著死而後生的準備而進入生之煉獄。

死而後生，生不離死，或生在死亡的陰影下，都是絕境中的猶疑狀態，不但嬰兒（代表誕生）和墳墓並列（「驀然回首／遠處站著一個望墳而笑的嬰兒」石、三十六），而且死亡與子宮不辨（「他們竟然這樣的選擇墓塚，羞怯的靈魂／又重新蒙著臉回到那湫隘的子宮」石、十三）。

詩人這樣做，彷彿要逼出那「背面的意義」（見聞一多「奇蹟」）因爲「舍利子似的閃亮的、整個的正面的美」已經被放逐在遠方。

我們在此先後提到以魯迅、聞一多、和穆旦爲例的四十年代詩人，並不是說洛夫有意識地從他們那裏轉化出來；而是說，他作爲一個詩人所瀕臨的境遇、他所承擔的心理的壓力，他的文化的憂懷，在本質上，在追索的路線上，可以說是他們的境遇、壓力、憂懷的無形的延續，在五十年代與母體文化突然隔斷的情況下，洛夫的感受變得特別尖銳與濃烈而已。

我們還要明白到詩人所處氣候的壓力。五十年代的政治氣壓，以洛夫的情況而言，更是複雜。他身爲軍人，對政府給他的照顧他當有所感激；但作爲一個詩人，他又不得不爲當時那份「憂結」存眞。這在情緒上就是一種「張力」，反映在文字上自然也是一種「張力」。有些批評家認爲「石」詩中的張力只是一種文字的遊戲，這是完全沒有了解詩人在文化上的承擔。只有當我們同時用個人、社會、民族所面臨的「孤絕」和「不安」的相似心境去看，「石」詩才可以迎刃而解：

祇偶然昂首向隣居的甬道，我便怔住
在清晨，走著巨蛇的身子
黑色的髮並不在血液中糾結
宛如以你的不完整，你久久的慍怒
支撐著一條黑色支流

我的面容展開如雲，苦梨也這樣

而雙瞳在眼瞼後面移動
移向許多人都怕談及的方向
我是一株被鋸斷的苦梨
在年輪上，你仍可以聽清楚風聲，蟬聲（石室之死亡・一・初版）

我們在前面已說過，最後兩句的意象發射出來的，同時是個人、社會、民族的「切斷」、「創傷」、「生命無以延續、歷史記憶可能失去的威脅」。如此，詩中的「不完整」、「黑色支流」、「許多人都怕談及的方向」都不用解釋便可以完全明白。

當人被逐入一種文化虛位、生存抽空的孤絕狀態時，他自然會對無形的勁力、活動、精神狀態，亦即是越過眼前現實的精神狀態所迷惑，包括痛楚、焦躁不安、瀕臨瘋狂的恐懼、死亡的氣氛、心理的沈淵、子夜奇藍中的呼喊、絕靜等；形象包括一種怖人的黑色從四壁的洞口入侵，空間仿似巨齒嚙人的口，沒有眼睛的臉，沒有臉的眼睛，以及原始的狂暴、激裂、扭曲等。這些感覺、這些形象是透過一種超敏感而出現。洛夫這時期的詩，尤其是「石室之死亡」，往往寫的不是眉目可辨、理路可循的眼前現實，而是錯雜的內在的空間，一個不斷被這些感受和形象——通過氣氛的凝合、通過語言的驅策力和精譬的意象來拉緊的感受和形象——入侵的空間。我們可以舉「石」詩改訂版第一首第一節的兩句說明：

我以目光掃過那座石壁
上面即鑿成兩道血槽（石室之死亡・一首）

這是現實世界不會發生的，「兩道血槽」當然是內在感受的外在投射。上面很多例子，都應作如是觀。我們再看下面的一些例子：

將在日落後看到血流在肌膚裏站起來（石室之死亡・十四首）
當應該忘記的瑣事竟不能忘記而鬱鬱終日
我就被稱為沒有意義而且疲倦的東西（石室之死亡・十五首）
夏日撞進臥室觸到鏡內的一聲驚呼（石室之死亡・三十三首）

這些超敏感（或神經質）的感覺意象，從另一個角度看是：當我們發覺人已變成「死囚背上的號碼」（石、三）或者是「在戰爭中成爲一堆號碼」（石、四九）那種「物質化」的情況以後，身體的感覺（視、聽、嗅、味、觸等）便成爲唯一可以肯定我們的存在，唯一可以觸及那也許尚存的精神的領城。

經過這一番尋索，我們可以說，「石室之死亡」的洛夫，確曾向西方的現代主義借用了一些語言的策略，這包括近乎表現主義筆觸中緊張扭曲的語言；但這些語言策略的應用，不是虛幻現實的描模，而是把中國現階段歷史由文化放逐，文化虛位（本身是西方霸權所造成的壓制）和政治社會情結所造成獨特的「孤絕」的複雜性中反映出來。從內容來看，「石」詩是早期詩中的「禁錮」意識深層的探索；從詩的藝術來看，則是一種抗衡「禁錮」的精神的騰升，一種死而後生通向文化再造的隧道。

三、石室之外：蛻變的跡線

洛夫在「時間之傷」（一九八一）的「自序」上說：「我的詩曾一度被歸類爲『鹹味的詩』，後又有人說我的風格近乎苦澀……至於說我的詩中往往湧出一股勃鬱之氣，以致產生一種森森然令人不安且又無可奈何的壓迫感，却是一般讀者的反應。」另外在一九八四年的一首幽默自嘲詩「戒詩」中說：「早年滿腹的激情／曾撐得我／沿室遊走如一懷了孕的貓／積多年的陣痛／只產下／一窩骨多於肉的意象。」這顯然是上述文字極好的寫照。

但我認爲論李賀的文字中，常稱他爲凝重險急，陰悽森寒，骨、死、寒、詭誕的字句特多。在氣質上洛夫較近李賀。洛夫有「與李賀共飲」（一九七九）一詩也不是無因的。錢鐘書論李賀的幾句話幾乎可以完全轉用來描寫洛夫這個時期的詩。錢鐘書這樣說的：

> 夫鮑家（昭）之詩，操調險急，長吉化流易為凝重，何以又能險急。曰斯正長吉生面別開處也。其每分子之性質，皆凝重堅固，而全體之運動，又迅速流轉……如氷山之忽塌，戈壁之疾移，勢挾碎塊細石而直前，雖固體而具流性也。（談藝錄六十頁）

但作爲一首詩，「石室之死亡」是不夠完整的。洛夫屢次想重寫它便可以說明「石」詩有它的缺失。雖然它仍然是充滿割鋒，感染力、撞擊力很強的重要的詩。

「石」詩就是因爲游離而有時失去一個凝聚的主軸。在初期也許是有意的：生命是碎片，碎片就讓它反映在詩的形式裏。第一、二批詩出現時，確有一氣呵成，江河洶湧的氣勢；後來就有些「因興而作」的味道。洛夫必須衝出來，給它一個較緊密的結構。這個答案還是應從「石」詩中去找。「石」詩中有幾組是有專題的，如十六～十八首題爲「早春」——給楊喚，五十一～五十三首爲「初生之黑」，給其初生之女莫非；五十四～五十六首題爲「火曜日之歌」，給病中詩人覃子豪。每一組都自成一個完整發展的意念。洛夫特別注意到這一點，並在「無岸之河」（一九六九）中把「石」詩中若干章節分題重印，也是這個意思。從這個想法出發，洛夫開始寫他的「外外集」（一九六七）。「外外集」中都是短詩，長度約爲「石」詩三節，都集中在一個意念上發展，前後呼應自然，便易於控制。譬如「煙之外」

在濤聲中喚你的名字而你的名字
已在千帆之外

潮來潮去
左邊的鞋印才下午
右邊的鞋印已黃昏了
六月原是一本很感傷的書
結局如此之悽美
——落日西沉

你依然凝視
我眼中展示的一片純白

我跪向你向昨日向那朵美了整個下午的雲
海啊，為何在衆燈之中
獨照亮那一盞茫然

還能抓住什麼呢？
你那曾被稱為雪的眸子
現在有人叫做
煙

獨立意象與句法都和「石」詩近似，但和上述幾組「石」詩那樣，依循一個單一的意念來發展。這是要回到抒情短詩的構成邏輯上來。短詩，作爲一種抒情體，無論它作爲一首歌中的詞還是作爲純粹感受傳達的媒介，都不强調序次的時間。在短的抒情詩裏，詩人把感情、或由景物引起的經驗的激發提昇到某一種高度與濃度，而把常見於敍事詩中有關行爲動機的縷述，和故事發展的輪廓模糊起來，只留下一些提示性的枝節，沒有前後事件因果的說明。一首短的抒情體，往往是把包孕著豐富內容的一瞬間抓住——這瞬間含孕著、暗示著在這一瞬間之前的許多線發展的事件，和由這一瞬間可能發展出來的許多線事件。它是一「瞬」或一「點」時間，而不是一「段」時間；如果有時間的遞變，那數「段」或數「點」的時間，往往被壓縮在一個彷似同時發生的「瞬間」。

從這個構成的特色來看，「石」詩也具有相同的效果；但短詩的好處是：當故事線被隱藏以後，呈現於語言面上的意象還很容易凝聚爲一種統一的印象，但太長的詩便不容易辨到；只有那些訓練有素的讀者，才知道如何在那裏要換角度、換「瞬間」去讀它。像其他「外外集」的詩，「煙之外」的瞬間和大約發生過什麼事（隱藏在詩後面的），都很容易決定。我們大略知道，引起抒懷的事件是牽涉到一場傷情的分手和時空的急速變幻，「千帆之外」說明了「喚」的人已經在那裏很久了，而距離也很遠了。「潮來潮去」旣是時間的也是空間的，不但「喚」的人特別感觸到他在這律動中的傷情，我們更感覺到我們如何逃不出宇宙世界的變動。「左邊的鞋印才下午／右邊的鞋印已黃昏了」，是心理時間的激速。事實上，時間無所謂快慢，快慢是人感受的投影。「雪的眸子」是近看，是親密距離中的印象，「煙」是因爲「千帆之外」的距離所造成的印象，但當然是原有的親密情感和距離已經幻滅。留下來的是「喚」和「凝視」，因而覺得一切「茫然」（呼應著「千帆之外」和「煙」），當然這是一個無法忘記，曾在「親密距離」中的癡情者。整首詩前後凝聚在這一點包孕著巨大變化的時間裏。

這代表洛夫突破「石」詩的游離結構的第一步。這個突破固然來自「石」詩本身一些獨立的段落；但也可說是來自「靈河」的再思；因爲「靈河」裏全是抒情短詩，只是語言太具五四初期那種「傷涕夢啼」調調罷了。洛夫大略在這個時候重讀這些詩，而覺得如把語言略改，還是可以拿得出來，放在「石」詩羣中而不遜色的。我們現在看看洛夫如何以「石」詩中的語言修改「靈河」。

石榴樹

(A)靈河版（一九五七前）

假如把我們的愛刻在石榴樹上
枝椏上懸垂著的就顯得更沈重了。

我仰著躺在樹下，星子躺在葉叢中，
每一株樹屬於我，每一顆星屬於我，
它們存在，愛便不會把我們遺棄。

哦！石榴已成熟，這美的展示，
每一個裏面都閃爍著光，閃爍著我們的名字。

(B)修改版（一九六九前）

假若把你的諾言刻在石榴樹上
枝椏上懸垂著的就顯得更沈重了

我仰臥在樹下，星子仰臥在葉叢中
每一株樹屬於我，我在每一株樹中
它們存在，愛便不會把我遺棄

哦！石榴已成熟，這動人的炸裂
每一顆都閃爍著光，閃爍著你的名字

修改的着墨不多，但效果相當不同。把「我們」(A)變成「你」(B)，說話人突然從「共同陶醉的領域」走出來，脫離了軟綿綿的濃情而在圈外似的，口氣就比較客觀些。「愛」(A)何其大何其不可捉摸，「諾言」(B)便落實多了。「愛便不會把我們遺棄」(A)，彷彿「愛」是一種在兩人之外的神祕力量，是理想主義幼稚的說法；「愛便不會把我遺棄」(B)，語氣中是承著「諾言」而來，也就是說「你」，中間有一種契約。「愛」不是一頭栽下去就得。但並不否認「你」的美，和你的美對我的吸引，所以不是「閃爍著我們的名字」(A)那種夢幻，而是「閃爍著你的名字」。(B)「你」才是最大的中心。而你成熟的美，就不是「這美的展示」(A)那種說了等於沒有說的語言可以表達的。「這動人的炸裂」(B)不但是「石榴成熟」的具體描寫，而且是「你」的血肉化、氣脈化、性感化。這首詩的「詩眼」就是這一句，使整首詩生動起來，活潑起來。同樣是示愛，但(B)版是一個較成熟的聲音；(A)版則是墜入愛情初夢的囈語。熟識洛夫「石」詩的讀者必然知道，「動人的炸裂」這句既屬於客觀描寫也是激情的放射的句法來自那裏。

石榴首次爆裂時所生出的那種慾望（石室之死亡‧五十五首）

從灰燼中摸出千種冷中千種白的那隻手
舉起便成為一炸裂的太陽（石室之死亡‧五十七首）

這種由視覺轉化為聽覺兼及感受（激情、慾望）的意象，在「石」詩裏很多，在「石」詩以後也常出現。可以這樣說，洛夫用了「石」詩中這類屬於力的建造與放射的意象來寫淡而不濃、疏而不蹇的詩，於是便開拓了他後期的風格。洛夫鍾愛這種極具張力的意象，也可以說明他為什麼獨愛李賀。李賀詩中如錢鍾書所拈出的、特別著力於動詞，如「石破天驚逗秋雨」。「破」、「驚」這類字在「石」詩中已經不少，在後來的作品中亦常見到。事實上，他的「與李賀共飲」的首句便是從李賀詩中轉化而來：「石破／天驚／秋雨嚇得驟然凝在半空」。我們記得「石」詩的第一句「祇偶然昂首向鄰居的甬道，我便怔住／在早晨的虹裏」（石室之死亡・一・初版），句法的動態前後是一貫的。

我們觀察一個詩人的創作歷程，一面要看他在歷史中的境況和這境況如何引發起語言的變化；但另一面，我們要看他在表達中面臨的美學問題和他解決這些問題的跡線，同時更要看這些跡線所開出來的新境。「石」詩中許多險峻的句法確是沈鬱中帶有割鋒；但有些時候，由於過度內在化，過度強調意象——濃烈主觀感受的意象——的獨立性而變得離常異正。洛夫在「石」詩之後，顯然有意要使這種句法溶入常與正之中而同時具有相同的沈鬱與割鋒。這個過程是不容易的。突破的路線約略是這樣的：在結構依從單一意念的發展與放射的「外外集」中，仍有「離常異正」的句子，譬如：

你猛力拋起那顆燐質的頭顱
便與太陽互撞而俱焚（「醒之外」，外外集・三頁）

這和「石」詩中的句法、效果，與感覺仍是相同的。現在讓我們試把「將在日落後看到血流在肌膚裏站起來」（石・十四）這種完全屬於「內在空間中主觀感受的投射」的表現主義句法，和「無岸之河」（一九六九）中「手術臺上的男子」的首段比較：

血
從血中嘩然站起——

今年，他才十九歲
他被擡了進來
他很疲倦而且沒有音響
白被單下面
他萎縮成一個字母（無岸之河・十七頁）

句法相似，但後者（包括「他萎縮成一個字母」都酷似「石」詩中的「我卑微亦如死囚背上的號碼」和「在戰爭中成爲一堆號碼」（四九）的句法）却完全落實在客觀的外在事件裏。這裏不但沒有「特異」的感覺，而且變得熟識地可觸可感。事實上，這裏的用法，可以幫我們在重讀「石」詩時爲某些句子找到一種落實的感覺。這是洛夫詩中很重要的一個突破。這裏還可分爲兩方面去討論。其一，卽是詩人從內在空間移向外在空間，從落實的事件的跡線中去尋索生命與詩的意義，這應該以「西貢夜市」（一九六八）開始，而後才有一系列詩的延展。這點我們留在後面討論。其二，便是「石」詩中驚人的「特異」句法落實的應用。讓我們先繼續追跡這種蛻變。

脫離了游離不定的空間，洛夫往往在多種不同的事件裏發揮他險峻特異的句法，而取得非常的效果。他在試寫許多簡單日常生活的同時，也寫歷史事件，如「嘯」，是通過一尊舊砲來激發中國近代史的憂焚與無奈。該詩的結尾是這樣寫的：「於今，主要問題乃在／我已喫掉這尊砲／而嘯聲／在體內如一爆燃的火把／我好冷／掌心／只剩下一把黑煙」（魔歌・六七）。句法和「石」詩相似，但並不覺得過於奇特。這裏當然還有不少的濃縮，但並不需要經過太多的轉折來曲解便可以感覺，就是因爲寫的是庚子年通過七七事變到有砲不能發的整段歷史。

這類句法在歷史中出現不是無因的，事實上，「石室之死亡」寫的何嘗不是中國近代史的憂焚呢，只是那時的禁錮感、孤絕感，是如此的逼人而推向情緒的前端，把歷史的輪廓隱約留在後面而已。

「石」詩後的驚人句法，由於落實在事件裏，它的顫弦更具威力，而不減以前的濃縮，譬如他改寫的「長恨歌」的第一節：

唐玄宗

從

水聲裏

提煉出一縷黑髮的哀慟（魔歌・一三四頁）

這段是企圖利用一個意象而讓我們產生對整首「長恨歌」的感受。假如題目不是「長恨歌」，如果我們把「唐玄宗」改爲「他」，在句法上幾乎是沒有變，但這樣寫法，需要我們曲解一番才可以感受。但現在這個樣子，我們不用去求解便可以完全感受。這是因爲由於：㈠事件有脈絡可尋，㈡這首詩是產生於原有的「長恨歌」。原有的「長恨歌」和洛夫的「長恨歌」由於「唐玄宗」的出現而進入交談與互相指涉：「水裏」自然和「溫泉水滑洗凝脂」相應和，而「黑髮的哀慟」自然令人聯想到「宛轉蛾眉馬前死……夜雨聞鈴腸斷聲……此恨綿綿無盡期」的事蹟。詩中「提煉」兩個字的意義是多層面的。字面上說，彷彿唐玄宗爲了提煉「哀慟」而走上那條路；但我們也可以說，「黑髮的哀慟」是人生鍾煉的一種過程，或者應該這樣說，美是要經過煉獄考驗的。但「提煉」也是詩人的目的，他寫的「長恨歌」，是一種「提煉」，不是細節詳擧，而是神情（譬如「黑髮的哀慟」）的捕捉。

憤而「長嘯」或「爆裂」，鬱而「沈哀」，是洛夫詩中常見的意象。但「時間之傷」和「釀酒的石頭」兩集，都是胸中的傾訴，再沒有過度「內在空間主觀感受」的困難。

詩人從內在空間移向外在空間並落實在事件上，開出了與「石室之死亡」完全不同的表現手法。這個轉變當以一九六八的「西貢夜市」最爲特出：

一個黑人
兩個安南妹
三個高麗棒子
四個從百里居打完仗回來逛窰子的士兵
嚼口香糖的漢子
把手風琴拉成
一條那麼長的無人巷子
烤牛肉的味道從元子坊飄到陳國篡街穿過鐵絲網一直香到
化導院和尚在開會（魔歌・一〇頁）

這裏沒有强烈的主觀的投射，只有人物、物象、事象的排列呈現；除了報導式的描述外，幾乎沒有加上什麼意見；除了「手風琴拉成……巷子」有些轉折外（但並非難以感觸的曲解），幾乎沒有險奇的造語。換言之，這是白描。這裏令我們想起艾略特的一首「序曲」，有相似的手法。（這裏沒有「影響」的意思）：

冬天的傍晚墜下來
有牛排的脂臭充斥走廊，
六點鐘。
煙燻的日子的短煙尾，
而今又疾風陣雨吹
纏住髒碎
圍在你足邊的葉
和廢地上的新聞紙；
豪雨抽刷
破百葉窗破煙囪
街之一角落
有匹駕車的孤馬汗騰騰把腿踩
然後路燈齊亮（王文興譯）

以上二詩都是一束意象或情境羅列的呈現，構成一種氣氛來反射出一種未經說明的社會狀況。在這類詩裏，讀者的心中會如此咀嚼：在衆多人物、事物中，作者爲什麼選出了某一些而加以突出（如艾詩中的「破窗」「破煙囪」，如洛夫的「黑人」「安南妹」「高麗棒子」「士兵」「和尚開會」）？它們或他們作爲一個意符投射出怎樣一種階級的生活（在艾詩），怎樣一種情況（在洛夫的詩）？

我們知道，這首詩寫在越戰時期，洛夫當時派駐西貢。在西貢而突出黑人和高麗棒子，夾著安南妹，而不突出一般越南民衆。詩人看到的是一個西貢特別的區域，因著戰爭的關係而多了外來的人（外來的援助，但也是外來的侵擾。）巷子無人，大概是因爲戰爭的危險而他往或躲起來。不是「鳥鳴山更幽」，而是寂靜無人中一聲淒清（詩人沒有說，但我們可以感到）的手風琴，由一個嚼著口香糖（美國的形象）的漢子拉著。鐵絲網把許多活動摒在外面，不得侵入，而只有烤牛肉的味道可以穿過。烤牛肉大抵是來自美軍的營房。音和香都有，只是這不太平常。和尚不在寺院裏靜坐而在開會，情況已經非比尋常了。怪怪的，肉香竟飄到和尚的化導院去，彷彿去逼他們還俗。從另一個角度看，和尚參與政治實在也代表不再出塵而開始涉世了。事實上，從這些選擇的事物中還可以引出很多具體的政治廻響。

這種寫法其實有些似舊詩的羅列意象，譬如杜甫這首絕句：「遲日江山麗，春風花草香，泥融飛燕子，沙暖睡鴛鴦。」境界當然不同。杜詩呈現一種春來的靜美與和諧，以及春天帶來的一些突出的有代表性的活動。但境界雖然不同，意符的選擇與羅列的方式（不加說明的羅列）卻很近似，即是讓羅列的意符放射出一種氣氛，來構成一種情境。

如果說「石室之死亡」是主觀感受向外的投射，「西貢夜市」則是客觀事物向內的引發。我們也許可以這樣說，洛夫在這以後的詩再不是全然的主觀或全然的客觀，而是來往於兩者之間，而兼兩者之長。

詩人通過「西貢夜市」（一九六八）一詩由曲折的內在世界走出來以後，還引發出兩種不同風格的試探，這些都是他從西貢服務兩年後返國住在內湖時所寫。據陳義芝訪談的記述⑨。那時他工作輕鬆、生活安適，心境平靜，常常冒雨上山到金龍禪寺，靠在樹上看書，躺在大石塊上看雲飄過，正是「蟬噪林愈靜，鳥鳴山更幽」的境界。其時所得和諧忘機短詩數首，都有中國絕句的意趣，如「金龍禪寺」（一九七〇）

晚鐘
是遊客下山的小路
羊齒植物
沿著白色的石階
一路嚼了下去

如果此處降雪

而只見
一隻驚起的灰蟬
把山中的燈火
一盞盞地
點燃（魔歌・四六—七頁）

如果我們執着洛夫獨特的句法，恐怕不易看出此詩與中國絕句的近似。問題是，如果他用傳統的句法，那他寫的就不能反映現代人的絕句意味了。我們覺得這首詩像絕句主要還在它轉折的方式和視覺跳躍的律動。

「詩法家數」說：「絕句之法，要婉曲回環，删蕪就簡，句絕而意不絕，多以第三句爲主，而第四句發之，有實接、有虛接，承接之間，開與合相關，反與正相依，順與逆相應，一呼一吸，宮商自諧。大抵起承二句固難，然不過平直敍起爲佳，從容承之爲是。至於宛轉變化工夫，全在第三句。若於此轉變得好，則第四句如順流之舟矣。」

洛夫用了假語法而把第一句和第二句以奇思的方式把景物壓縮，但第一二句大抵仍符合一般的起承合拍。第一句是時間（空間化事件化的時間：「晚鐘」是空間但亦是時間，「下山」是事件亦標出時間）。第二句是空間，從容承接下山所見景物，擬人化的策略是語言的一種抓住我們注意力的入勢；因爲如果寫成「沿著白色的石階一路下去的都是羊齒植物」，只是平平的散文而已，我們無法給它應有的凝注。第三句就是所謂「宛轉變化的工夫」，突來奇問，而引發我們的期待答案，手法上似禪機。答案不是降雪會怎樣，正如問「如何是佛法大意」，答的不是「佛法如何如何」，而是一個事件一個景：「春來草自靑」。「君問窮通理」的答案是「漁歌入浦深」。「如果此處降雪」，答的是「只見一隻驚起的灰蟬，把山中的燈火一盞盞地點燃」。此即「文鏡秘府論」中「十七勢」中的第十勢：含思落句勢，「每至落句，常須含思，不得語盡思窮，或深意堪愁不可具說，即上句爲意語，下句以一景物，堪愁與深意相愜」，或第十七勢：「心期落句勢」。「文鏡」中舉的例子是：「靑桂花未吐，江中獨鳴琴。」這句王昌齡的詩，含有因果的關係，即是：青桂花吐之時得相見，現在花未吐而未能見，所以江中獨鳴琴。在洛夫的詩中，奇問的來源或可作如是解：「如果此處降雪」可以完成他記憶中的「晚鐘暮雪」之景，但他與家鄉隔斷後一直在中國的最南端；「晚鐘暮雪」只是一閃而過的記憶，眼前仍是內湖附近所見實景，差強相似暮雪的是灰蟬的灰色而已。這也是「語盡思不窮」的策略。我們應該注意到，這首詩完全依照時間的邏輯進行。由「晚鐘」到「灰蟬」到「燈火」是表示由黃昏到暮色到夜，而第三節的「奇問」，除了上述的原因之外，在策略上，是幫助時間的飛躍，亦即是電影中，突然來個分歧的鏡頭，然後再回到已經變化了的原景。

從這首詩看來，洛夫不但從曲折的內在世界走出來，而且要以他自己的風格回到傳統的詩中作一種新生的表達。這首詩雖有絕句的意趣，却完全是他自己的。其餘幾首短詩如「隨雨聲入山而不見雨」等均可以作如是觀。

洛夫以絕句意趣寫成的另一首詩「有鳥飛過」（一九七〇），除了作爲短詩形式的試驗外，也打開了「以日常生活瑣事寫詩」的路：

香煙攤老李的二胡
把我們家的巷子
拉成一綹長長的濕髮

院子的門開著
香片隨著心事向

杯底沈落
茶几上
煙灰無非是既白且冷
無非是春去秋來

你能不能為我
在藤椅中的千種䠷姿
各起一個名字？
晚報扔在臉上
睡眼中
有
鳥
飛過

據洛夫自述，這首詩確是他當時生活的寫實：「寫作的時間是盛夏的七月。下班回家，寬衣後泡了一杯茶，躺在院子裏的一張藤椅上乘涼，漸漸睡意朦朧，打起瞌睡來。這時院子牆外扔過來一份晚報，落在我的臉上，驟然驚醒，睜開眼，正看到一隻歸鳥，從頭上掠過，投入蒼茫的暮色中。」（陳義芝「叩訪洛夫詩境的泉源」•魔歌•二四二）

這首詩，像「石室之死亡」以後大部份的詩，都是落實易明，很少需要曲解的。但「日常生活瑣事皆可入詩」的試探，開啓了後來不少這方面的創作，如前面提到的「獨飲十五行」，「青空無事」和後來的「剔牙」，「挖耳」，「刮鬚」，「洗臉」（一九八五）都是。

我們花了不少字數去追索洛夫在「石室之死亡」後的蛻變，因爲洛夫確是一個多樣的詩人。卞之琳曾經說：詩是化腐朽爲神奇，不少洛夫的詩幾乎近之；他奇思異想特多，往往在平凡中令人有驚喜的發現。下面有一節將會對這一個層面略論。總的來說，除了「從平凡處見出奇」的詩之外，洛夫後期的詩約略有三種主題，大致都是環繞著「孤絕」和「禁錮感」而辯證。第一種是第一節談到的「禁錮感」（與家園隔斷的憂焚與無奈）的變奏。第二種是在企圖用詩的創造來克服及取代肉體之被禁錮而達致騰躍的過程中，同時作出美學的尋索——一種新的存在意識的發掘。第三種是對歷史與時間的沈思——因長久的隔斷而引發對歷史與文化的懷鄉的沈思；這一類以「時間之傷」中大多的詩最具代表性。

四、「禁錮」的變奏

我們分爲三種主題，只是爲了討論上的方便，事實上有時是不可分的，尤其是對歷史文化的懷鄉，又何嘗不是「禁錮」的變奏呢。

「禁錮」所產生的最大震憾無疑是在「石室之死亡」一詩，已如前述。我們可以這樣說，「靈河」（一九五七）中「想飛的煙囪」所呈現的「離不開空間」，是初次感到「隔斷」之傷情。「石」詩則是進入那傷情的中心，探索生命淩遲的顫慄和文化虛位下生存意識的憂焚與淵漾。從「石」詩走出來以後，努力在美學中尋索新的存在意識，並作種種詩藝的開發。但在這個過程中，詩人始終無法忘懷「隔斷」的傷情。我們在第一節中已經擧出他後期變奏的二例：「獨飲十五行」（一九七一）和「車上讀杜甫」（一九八六）。這種傷情如惡夢纏繞，隨著年月的增加而深沈。事實上，在許多表面和思鄉無關的詩如「夜飲溪頭公園」中，也會突出幾句：「…引吭高歌／每一句都含有血絲……高歌與激辯無非是爲了證明／我們的血在霧起時尚未凝結／至於飲酒，飲酒又有何用？」（時間之傷，一四六）正是：抽刀斷水水更流，舉杯消愁愁更愁。

最後把所有的酒器搬出來
也無濟於事
用殘酒
在掌心暗自寫下那句話
乍然結成冰塊
體內正值嚴冬
爐火將熄，總不能再把我的骨骼拿去燒吧（時間之傷・六六頁）

詩人漸老了，暗自寫下的那句話是：「河山的淚／祇怕也擰不乾了」（「國父紀念館之晨」，時間之傷，九二）；是：

醉眼中，花雕仍不乏江南水色
有時總忍不住以手指
在桌上寫滿山河的名字
想想，最後還是用衣袖拭去
真能全部拭去也還罷了，而……（時間之傷・一二二頁）

就是不能拭去啊！

鄉愁如雲，我們的故居
依然懸在秋天最高最冷的地方
所以，我們又何苦去追究
雁羣在天空寫的那個人字
是你
或是我（「蒹葭蒼蒼」，釀酒的石頭・六五頁）

就是不能拭去，才有「一夜鄉心五處癢」。（「驚秋」，釀酒的石頭，六六）禁不住的情傷是因爲「媽媽那幀含淚的照片／擰了三十多年／仍是濕的」（「家書」，時間之傷，二二〇）

洛夫一再利用杜甫來抒他的愁緒不是無因的，他多麼希望能夠有「劍外忽傳收薊北……漫卷詩書喜欲狂……青春作伴好還鄉」的心情，因爲坐五望六的洛夫，多像晚年的杜甫啊。像「車上讀杜甫」一樣，洛夫的「邊陲人的獨白」（一八九七），也用了「春望」前四句，一句一傷情地寫出自己欲飛無力，欲渡無舟、同時已經到了「渾欲不勝簪」的境況：

唯對鏡時才慌然怔住
當手中捻弄著
歷經風的革命
雪的浩刼
而今藏身於梳子牙縫中的

在這一系列抽樣的變奏中，我以爲最令人怵然驚瞿的是那首「剁指」（一九八六）。寫的是自我與外在政治的雙重壓制。這首詩描述「以手指丈量一幅地圖」，由他家附近的吳興街開始向前延伸，自基隆經廣州沿著粵漢鐵路直奔洞庭湖萬傾翻滾的波濤（詩人的家鄉）：

億萬次的丈量
億萬次的忐忑
索性剁掉食指
剁掉一根
又長出一根
剁掉一根
又長出一根
……

我常常說，被隔斷的人，能揮慧劍斬斷情（愁情也）絲千萬丈，將是新生命的再生，但這樣容易斬斷嗎？

童年在院子裏堆的那個雪人
無論如何是溶不了的（「讀雪」一九八六）

五、時間之傷

月光的肌肉何其白
而我時間的皮膚逐漸變黑
在風中
一層層脫落（「時間之傷」第一節）

時間之傷有兩種，一是歷史的創傷，一是歲月的刻割。在洛夫和他同代人的身上，此時更是每況愈烈。詩人愈來愈深入歷史文化的沈思，無疑是「隔斷」太久的關係；但由於年歲的增長，死亡的逼近，在孤絕中隔斷的人，此時會對失去的歷史文化空間和代表輝煌歷史文化的人物有特別的敏感，有特別深情的認同與思念；彷彿通過歷史尋索的行程——雖然是傷痛的行程——我們就可以抓住一些能穩住我們的存在或豐富我們的存在的東西。

如果我們硬要把洛夫的詩分爲現代味和古典味，我想「時間之傷」和「釀酒的石頭」中古典味的成份最多。這不只是句法、意趣而已，還有意象（有時是有意重現唐詩的意象）、行文、語勢都傾於古典。這顯然和事件的時距（長久的隔斷）及詩人的年齡有關。

我們在討論「金龍禪寺」時，曾談到洛夫式的舊詩意趣的試寫和他向傳統的回歸。這個回歸在這兩集中有大幅度的展開。但所謂回歸指的當然不是復古而是再造，所以我們不能稱某些詩爲現代，某些詩爲古典；現代味古典味之提出，只是作爲一種方便討論的策略而已。

洛夫雖然在一九六五年曾首次離臺到越南服務，但越戰的情況似乎沒有使他有閒逸的心境向北面的故園作歷史的思懷。但一九七六年應韓國筆會之邀去韓訪問後寫的一系列的「漢城詩鈔」，竟是滿紙思鄉情、滿紙唐人意，我想，除了「隔斷太久」的觸媒外，氣氛、地點都有關係。從地理上來說，韓國是一步卽成中國的隣近；從風景建築來說，是大陸以外最具漢唐色彩的地方（另一個令人感到唐人氣息的地方是日本奈良京都一帶）；從氣氛上說，這次是詩聚，和韓國的詩人共遊。於是我們聽見詩人說。

除了雪
一切都是唐朝的
……
庭院中
大概就是那株寒梅著花未吧！
簷鈴自風中傳來
王維的吟哦（「雲堂旅社初夜」，時間之傷・十一頁）

門虛掩著，積雪上
有一行小小的脚印
想必昨夜又有一位宮女
躡足溜出苑去（「晨遊祕苑」，時間之傷・十六頁）

詩人在長久隔斷後忽然彷彿回到了心靈的故國，一種驚喜、似眞仍幻，尤其是：

渡江（鴨綠江）後即是你們陌生我們熟識的
山河萬里（「不歸橋」，時間之傷・四二頁）

一步即成中國。近雖然是近，而周圍雖然盡是唐人意，到底這還是韓國；實際上，只有

高中地理課本上的河川
仍在我體內蜿蜒（「如果山那邊降雪」，時間之傷・五十頁）

鄉愁之强烈，是因爲長久的隔斷，但更是因爲生命與歷史的皮膚已經逐漸變黑，在風中，一層層脫落。年輕的時候，總覺得「有一天」是充滿著希望和可能的。現在「退伍」了，髮已見白、風箏被天空抓去不回，手中只剩下那根繩子猶斷未斷。想當年嗎？昂然穿過歷史的生命已不在。「我忽然振衣而起，又頹然坐了下去」，爐火將熄，死亡逼近（俱見「時間之傷」一詩），所以主題「乃一種越嚼越曖昧的鄉愁」（「小店」，時間之傷，四十頁）。

就在這種憂懼的割刺下，洛夫不但對時間與存在的壓力極其敏感，而且對地理位置的距離都突然會產生特別激動的凝注。像「哀郢」的屈原，「顧龍門而不見，心嬋媛而傷懷兮……登大墳以遠望兮，聊以舒吾憂心……至今九年而不復（我們是四十年啊！），慘鬱鬱而不通兮，蹇侘傺而含慼……」。像杜甫北望長安，洛夫在這一個時期作了不少歷史文化的行程與求索。由寫從香港落馬洲中港邊界看中國大陸「近鄉情怯」的心境的「邊界望鄉」開始，透過了詩人李賀、李白、屈原的境遇和靈視，透過了「長城」「三峽」等文化地點和一切歷史文化事件，舒他鬱蹇之感。代表詩作是「與李賀共飲」，「我在長城上」，「猿之哀歌」，「李白傳奇」，「水祭」（詩成

於一九七九、八〇年）。

跨越時空與李賀共語共飲，是因爲兩人都因處於歷史中的困境而走上險急之路：「有客騎驢自長安來／背了一布袋的／駭人的意象」。這固是李賀的描寫，但也是洛夫的自況。（二人氣勢語勢的相近已見前論。）「來來請坐，我要與你共飲」，共飲的是「這歷史中最黑的一夜（時，一六三）。（試請比較「石室之死亡」中，「弟兄俱將來到，俱將共飲我滿額的急躁」第二節）。作爲一個詩人，他要承傳過去：「你激情的眼中／溫有一壺新釀的花雕／自唐而宋而元而明而清／最後注入／我這小小的酒杯。」他試把李賀的七絕塞進酒甕裏，「語字醉舞而平仄亂撞／甕破，你的肌膚碎裂成片」。這是因爲他是「被鋸斷的苦梨」，而在精神和肉體的放逐中，在文化虛位的憂懼中，他游離分裂而找不到中國再生的凝融力量。

或欲登臨長城，在歷史的峯頂上，看昨日大漠中漫天的烽煙，再一次奔馳過「秦時月」、「漢時關」、「荒草中的李陵碑」或「昭君出塞」的行跡：

而今，我已登臨
爬上了居庸關，直上八達嶺
極目萬里
仍見不到歷史的盡頭
守關人何在？
飛將軍李廣呢？
只見一隻兀鷹在烽火臺的上空盤旋

在搜尋
那支被巨石吞沒的箭
上有鬱鬱蒼天
下有壘壘荒塚
我在長城上披髮當風
手指著夕陽：那就是漢家陵闕？（時間之傷・一七六頁）

雖然只是想像的登臨，詩人卻企圖通過太史公、通過李白（尤其是古風十四[10]）的歷史空間來肯定他的存在。結局還是一樣：這就是我們心靈中的中國嗎？於是，他「憤然舉起雙臂，血管中迸出一聲長嘯」。難怪詩人下意識中和屈原、李白比況，他憤而「長嘯」或「爆烈」，鬱而「煉哀」，我們可以從「李白傳奇」和「水祭」中找到强烈的迴響：

驚見你，巍巍然
據案獨坐在歷史的另一端
天為容，道為貌
……
雷聲自遠方滾滾而來
不，是驚濤裂岸
你是海，沒有穿衣裳的海
赤赤裸裸，起起落落

你是天地之間
醞釀了千年的一聲咆哮（李白傳奇」，時間之傷・一八四—五頁）

從洛夫全部的作品來看，他所描畫的李白，這，不隱約也是他自己的寫照嗎？就我們所穿行過的詩例中，已經聽到他不少沈痛的長嘯。

作爲一個詩人，傷痛之外，也許應該化憂憤鬱蹇爲力量？在紀念屈原的「水祭」中，我們聽見洛夫如此期許：

讒言似火
只燒得你髮枯唇焦，雙目俱赤
你被扔進烈焰而化為一爐熔漿
冷却處理自屬必要
便投身於江水的冰寒
鋼鐵於焉成形
在時間中已鍛成一柄不銹的古劍
水中躺了兩千年的詩魂啊
汨羅洶湧的浪濤
高擧你於歷史的孤峯（時間之傷・一九四頁）

詩，對洛夫來說，也要經過但丁神曲的三個階段，必需由地獄經過煉獄才可達至樂園，這段詩所呈現的，實在和洛夫另一個層面——美學的尋索——是息息相關的。

六、美學的尋索

一九七四年的「巨石之變」中有這樣兩句：「體內的火胎久已成形／我在血中苦待一種慘痛的蛻變」（魔歌，一九五）。一九八四年的「葬我於雪」中最後幾句也說「其中埋葬的／是一塊煉了千年／猶未化灰的／火成岩」。洛夫作爲詩人的整個使命，是要把自己（作品）燒煉爲「一柄不銹的古劍」，這，也是躍焉於紙的。

我們應該這樣去了解。一九六四年，洛夫曾說：「寫詩即是對付這殘酷命運的一種報復手段」（「石」序）。洛夫企圖用詩的創造來克服及取代肉體之被禁錮，用沛然騰躍、塞乎天地間的氣脈來提昇生命，也就是說，要在文化虛位、凝融缺失中找到可以統合生命與藝術、給與生存意識的新意義的另一種凝融力量。

這一點洛夫是非常自覺的，在「魔歌」的序中，他有非常清楚的說明：

> 「真我」，也許就是一個詩人終生孜孜矻矻，在意象的經營中，在跟語言搏鬪中唯一追求的目標。在此一探索過程中，語言既是詩人的敵人，也是詩人憑藉的武器，因為詩人最大的企圖是要將語言降服，而使其化為一切事物和人類經驗的本身。要想達到此一企圖，詩人首先必須把自身割成碎片，而後揉入一切事物之中，使個人的生命與天地的生命融為一體。作為一個詩人，我必須意識到：太陽的溫熱也就是我血液的溫熱，冰雪的寒冷也就是我肌膚的寒冷，我隨雲絮而遨遊八荒，海洋因我的激動而咆哮，我一揮手，羣山奔走、我一歌唱，一株菓樹在風中受孕，葉落花墜，我的肢體也隨之碎裂成片；

我可以看到「山鳥通過一幅畫而溶入自然本身」，我可以聽到樹中年輪旋轉的聲音。

然後他舉出他的「死亡的修辭學」作爲這個觀念的表現：

我的頭殼炸裂在樹中
卽結成石榴
在海中
卽結成鹽
唯有血的方程式未變
在最紅的時候
灑落（魔歌・一一九頁）

他繼續說：「這些都是近年來（按：一九七三前後）我詩中經常出現的意象，也是我心的寄托。在詩中，這顆心就是萬物之心，所謂「眞我」，就是把自身化爲一切存在的我。於是，由於我們對這個世界完全開放，我們也就完全不受這個世界的限制。」（魔歌・五—六頁）

我們在這裏可以看見：㈠這是詩人要躍過禁錮進入自由活動所採取的新靈視；㈡碎片由於與萬物的氣脈相通，這樣無形中成爲幫他統合了生命與藝術、給與生存意識新的意義的凝融力量。在這裏「我心萬物心，萬物心我心」，看來是「天人合一」之下宋明心學的延續，但自身割碎化成萬物却又是西方奧菲爾斯式的（Orphic），包括「我一歌唱，一株菓樹在風中受孕」這種語言的神祕力量。顯然，洛夫覺得傳統的「人與自然凝融爲一」的理想，在現代中國的命運中，太過靜化無力，所以必須給與詩一種積極的作用；換言之，是所謂「報復手段」的另一種面貌與方式。

「自身裂化而爲萬物，歌唱樹乃成孕」這個美學的角度，在「魔歌」集中的發揮最爲顯著。「蟹爪花」（一九七三）寫的當然是花開的過程，但也是美的孕化與誕生：

在最美的時刻你開始說：痛
枝葉舒放，莖中水聲盈耳
你頓然怔住
在花朵綻裂一如傷口的時刻
你才辨識自己（魔歌・一一三頁）

句法仿似「石室之死亡」，氣氛、意義則完全不一樣。花、詩、自我三者不可分地經歷一種痛苦的蛻變而辨識生存的眞質。

有了這種認識，「詩人的墓誌銘」便可以迎刃而解：

主要乃在
你把歌唱
視為大地的詮釋
石頭因而赫然發聲
河川
沿你的脈管暢行
激流中，詩句堅如卵石

真實的事物在形式中隱伏
你用雕刀
說出
萬物的位置（魔歌‧一七一—二頁）

這是洛夫的論詩詩（Ars Poetica）。但論詩詩的巨篇，當推他的「巨石之變」。有了上述的說明，我們不必再費辭，自作解人。現看六、七兩段以見其雄渾的風格，可以直追司空氏。

鷹隼旋於崖頂
大風起於深澤
麋鹿追逐落日
羣山隱入蒼茫

我仍靜坐
在為自己製造力量
閃電，乃偉大死亡的暗喻
爆炸中我開始甦醒，開始驚覺
竟無一事物使我滿足
我必須重新溶入一切事物中
萬古長空，我形而上地潛伏

一朝風月，我形而下地騷動
體內的火胎久已成形
我在血中苦待一種慘痛的蛻變（魔歌・一九四—五頁）

洛夫通過美學尋索得到的這個靈視，顯然一直持護著他的生命觀和藝術觀。我前面已指出，一九八四年的「葬我於雪」還有相同的廻響。事實上同年的「觀仇英蘭亭圖」，也是以類同的話作結：「酒杯空了／詩稿灰了／而形骸早已輪廻爲山／投胎爲水」。一九八六年的「葬身七行」也說「一面溶入泥漿，一面感到你漸漸升高的體溫。」一九八七年的「煉」更可以視爲晚期論詩詩的極短篇：

葛藤纏身
且時有折木摧花之痛
而樹
一點抗拒的意思也沒有
因它的菓
早已在一場大火中成熟

七、平凡處見出奇

詩是憤，是傷，是鬱，是痛。這就是洛夫的全部嗎？不。他不是說：已經不受這個世界限制嗎？洛夫的驚人處，是多樣，奇變，包括詼諧，如果要把這些看作詩人用以平衡他的憤、傷、鬱、痛的作品，亦無不可。

洛夫把「石室之死亡」以來驚人的句法、想像、奇思轉用到最瑣碎的日常生活上去，最諧趣而又最奇詭的當舉「剔牙」，「挖耳」，「刮鬍」，「洗臉」那組詩（一九八五）。我們且看「剔牙」：

中午
全世界的人都在剔牙
以潔白的牙籤
安詳地在
剔他們
潔白的牙齒
依索匹亞的一羣兀鷹
從一堆屍體中
飛起
排排蹲在
疏朗的枯樹上
也在剔牙
以一根根瘦小的
肋骨

這首詩中有多重技巧在運作。㈠用宇宙大的角度來看一件幾乎沒有人注意的瑣碎日常事，由於被擴大到全世界（彷似鏡頭逼我們凝注），便沾上非比尋常的氣氛；㈡我們當然知道在現實中不可能，因爲全世界各地的中午都在不同的時間，所以我們知道這是作者一種奇思的遊戲。既知道是一種「出奇制勝」的戲謔，我們樂於作會心微笑的參與而期待這一個突出意象（事件）的意義；㈢作者突然由人的世界轉向動物的世界：兀鷹用肋骨剔牙，這在現實中是不可能的。但由於這個新的奇思、戲謔的事件和前一個事件的並置，我們瞿然驚覺到新的意義。我們覺得兀鷹用肋骨剔牙之可怖，因爲這表示滿目屍骨，骨表示人的腐死；但牙籤不也是一種死嗎？牙籤就是樹的骨，是自然事物的死。樹的死好像是應該的，我們不驚不覺；人的死便是殘酷可懼。公平嗎？詩人沒有說。他只讓我們看到，讓我們想；㈣不要忽略這首詩的歷史事實。依索比亞近年的饑荒和白骨纍纍，這也是人爲的，不全是自然的狂暴。這樣一想，兀鷹能不能剔牙不重要；剔牙只是一種令人驚覺的策略，不常展現常而已。就這樣，洛夫把戲謔與嚴肅結合在一起，在平凡處見出奇。

洛夫這類奇思異想的詩很多，往往都帶有「剔牙」一詩中的諸般技巧。如用宇宙大的角度，亦見於「大悲四題」（一九八四）中寫的石榴與桔子，用的正是題銘的手法。題銘是阿難尊者的話：「我觀大地，如掌中觀安摩羅菓」。又如「形而上的遊戲」（一九八五）寫的是擲骰子的行動，但由於是放入宇宙運作的幅度，我們看到的已經不是賭場的輪盤，而是人生、命運的操作。

會心的幽默與詼諧，有時由奇想出發，前面已有論及。現可以再舉數句：「咖啡豆喊著／我的命好苦啊／說完便跳進了一口黑井」（「咖啡斷想」，一九八七）；有時是捕捉一個形象，一些動作，如「華西街某巷」（一九八五）

一位剛化過粧的女人站在門口
維持一種笑
有著新刷油漆的氣味
另一位蹲在小攤旁
一面呼呼喝著蚵仔湯
一面伸手褲襠內
抓癢

景是略帶幽默，但幽默的背後却有令人不得不想的社會現象，以及對這種現象中呈現社會不平的批判。

洛夫亦寫反詩的詩，如「戒詩」（一九八四），對詩之爲詩，詩人之爲詩人作種種的逗弄和冷嘲；或在無詩中寫詩，如「歲末無詩」（時間之傷，一〇五頁），也是以自嘲的方式反映出生命之無奈。

洛夫還有一種以奇幻爲眞的詩，我們可以擧他的「鼠圖」（一九八六）爲例，寫的是在空白的牆上掛著的一幅灰鼠圖，在夜間幻想牠們騷動起來，然後隨著幻想而走，作出種種活動。詩人作了一陣罵鼠的話以後

倒頭便睡
次日晨起，我驚見
牆上一片空白

牆腳一地碎紙
壁間留下顆顆印血的齒痕

竟是如此的不可思議！但人生有時不也是如此的不可思議嗎？文化的虛位，家園長久的隔斷，想想，何嘗不是人爲的不可思議呢！平凡中見出奇，也許可以沖淡久久不能消去的憂焚與傷痛。

一九八八年四月於聖地雅谷

註

① Horkheimer and Adorno, *Dialectic of Enlightenment*, tr, Hans John Cumming (New York, 1972), p. 139.

② 前書 p. 140

③ Adorno, "Lyric Poetry a d Society", *Telos* 20 (Summer, 1974) p. 63.

④ 見葉維廉的「賦格」一詩。

⑤ 中國周末發言稿，見「中國周末」（香港：天地，一九八〇年）

⑥ 見葉維廉「三十年詩：回顧與感想」一文，「三十年詩」（臺北：東大出版社，一九八七）三一四頁。

⑦ 「論洛夫後期風格的演變」，收入葉維廉編「中國現代作家論」（聯經出版社，一九七六年）一四八頁。

⑧ 見聞一多的「也許」，「末日」，「死水」等詩。

⑨ 「聽那一片洶湧而來的鐘聲——叩訪洛夫詩境的泉源」，收入「魔歌」附錄，二四〇頁。

⑩ 李白的古風十四有如下句子「白骨橫千霜，嵯峨蔽榛莽……不見征戍兒，豈知關山苦，李牧今不在，邊人飼豺虎。」

洛夫的視象戲劇化

——從洛夫詩選《因為風的緣故》談起

趙衛民

洛夫（一九二八—），湖南省衡陽縣人。曾入湖南大學外文系，後來台灣，畢業於淡江大學外文系。出版詩集、詩論、翻譯等數十冊。服役左營時與張默、瘂弦共組「創世紀」詩社，提倡西方超現實主義的詩風。

哦！石榴已成熟，這動人的炸裂
每一顆都閃爍著光，閃爍著你的名字

〈石榴樹〉中由於諾言的重量，使得樹上石榴也顯得沉重了。洛夫仰臥在樹下，看葉叢中好像星子也仰臥在其中，每一株樹屬於我，因爲每一株樹都有石榴。石榴成熟，詩人所形容的石榴的特性，都成爲諾言的象徵，所以諾言好似有了「動人的炸裂」，已到了成熟的時分。詩人所思所想，每一顆石榴都是諾言，都是你。

同當代幾位成名的詩人一般，洛夫在二十幾歲時，詩作的成績已斐然可觀。而創作持續五十年，每段時間均有令人訝異的蛻變，在同輩詩人中已足堪自詡。但他的《石室之死亡》宣稱受超現實主義影響，展現旺盛的企圖。當洛夫的語言較符合一般的口語結構時，就較好。如《石室之死亡》第一首中的佳句：

我的面容如一株樹，樹在火中成長
一切停止，唯眸子在眼瞼後面移動
移向許多人都怕談及的方向
而我確是那株被鋸斷的苦梨
在年輪上，你仍可聽清楚風聲、蟬聲

洛夫的「自我」戲劇化，展現戲劇性的張力。樹與火對立的物質性構成弔詭，火是燃燒的生命，詩人的沉默轉向「許多人都怕談及的方向」。「苦梨」不但苦，而且被「鋸斷」，詩人對現實的抗議已不言而喻。但詩意在於在他的生命（〈年輪〉）中，仍有「風聲、蟬聲」，是現實無法鋸斷的。

洛夫老來的雄渾詩境，其來有自。兩種並立的美學風格，辯證成爲「詩魔」意興風發的動力。一種是成熟的抒情風格，一種是深奧的哲理風格；而詩人對語言的著魔，成爲這兩種風格的基礎。抒情風格一開始，就有了「動人的炸裂」，哲理風格則「在火中成長」。到三十幾歲時，哲理風格更加堅持，成爲「唯灰燼才是開始」。而抒情風格則揉進哲理風格，結晶成令人稱頌的《外外集》，《外外集》才眞正能代表洛夫。在〈灰燼之外〉中：

你是火的胎兒，在自燃中成長
無論誰以一拳石榴的傲慢招惹你
便憤然舉臂，暴力逆汗水而上
你是傳說中的那半截蠟燭
另一半在灰燼之外

他著迷於語言的試煉，而造成令人驚駭的視象與某種疏離感。這種美學策略，無疑是運用得最爲純熟的鍊丹術，而對語言的試煉，也至此常令人發現一些驚喜的效果。這兩種風格的揉合，〈巨石之變〉或是一塊里程碑，成爲「無人辨識的高音」，因爲「我之外／無人能促成水與火的婚媾」。洛夫對於自己作爲一個詩人的身分，自肯自定也在此時達到高舉。而且吟到「自我戲劇化」，句子就工巧，成爲警句。

超現實主義影響創世紀詩社如洛夫（一九二八～）、瘂弦（一九三二～）、商禽（一九三〇～）等人，但其實都只是部分的影響。洛夫在〈石室之死亡〉之時期宣揚所謂的超現實主義，在意象的擁擠與濃稠間稍失去詩質的流暢靈動、到《外外集》在精神上仍是〈石室之死亡〉的餘緒，但在風格上已較前開朗而灑脫，似乎《外外集》也標幟洛夫的高峰。

在濤聲中呼喚的名字而你的名字
已在千帆之外

《外外集》的「外」字很有意味，譬如〈煙之外〉這首詩都是我和你的對話，但在對話時，明明你已在「千帆之外」，你是不在場的，是缺席的。詩中所擬設的場景在碼頭邊，詩人一直在此凝望，從「左邊的鞋印到右邊的鞋印」，時間也從下午到黃昏，左邊到右邊是排比，序上卻形成對照。這是令人感傷的六月，這「我與你」的事件，結局是比擬於「落日西沉的」。

在凝望中，詩人仍回想著，「你眼中展示的一片純白」，這是懷念那雙純潔無邪的眼睛。所以回想起昨日下午的雲，是「美了整個下午的」，場景是海，所以，他用呼語法「海喲」，並將女人的眼睛比喻爲「眾燈」，「點亮」好比是凝視的焦點，爲什麼在許多女子中，只讓我注意到那一盞「茫然」的眼睛呢，爲離別而茫然嗎？

既已離別，什麼也抓不住了，由眼中的純白想到雪，所以你那曾被稱爲雪的眸子，如今叫做「煙」，爲什麼叫「煙」呢，因爲煙是上昇飛逝無蹤的，好像你已在「千帆之外」的感覺，也是消逸無蹤了。由「雪」到「煙」，也是從回憶到感傷的結局。詩人能由情境掌握意象，且產生流動跳躍感。

這裡我們可以看出，很難尋找到所謂超現實主義的痕跡，超現實主義可以融入到寫詩的技巧中，抒情的深化即是綜合生活體驗的哲理，抒情只是在情境與理解的兩端間移動，語言成爲詩的重心。法國作家羅蘭·巴特認爲「自動寫作」：「它讓手盡可能快地寫作連腦袋都不知道的事情，它接受一種多人共同寫作的原則和經驗。在這種情況下，它已經使作者的形象失去了神聖性。」其實重要的是夢和潛意識，如何發展出能突破意識面的驚駭意象，或改造語言的力量。然而洛夫自己說：「中國現代詩人中還沒有一個道地的超現實主義者。只要中國詩人能抓住古詩中的那種素質，再以新的技巧表現出現代人的精神風貌……」云云，要抓住古詩中的素質就是古詩中表現的情感與形式甚至技巧，無怪乎洛夫走向了後期〈金龍禪寺〉的蛻變。

他此後的轉變，也有兩種基調。經過辯證的轉化後，抒情風格走向生活的情趣，玄理風格也回歸歷史文化的抒情傳統，而詩思與哲思的相互契融，在詩篇中轉動連綿的意趣，如層層的漩渦。在平淡的生活中，處處發現新奇的詩素；而以前在《靈河》中被禁錮的現實感，在《石室之死亡》中被禁錮般的孤絕感，轉而為向歷史文化傾訴溫柔的鄉愁。這種平實之間轉出的詩趣，可見老境渾成。

杜甫的「老來詩篇渾漫與」，當是佳作天成；洛夫的詩篇裡也常埋藏這種動人的力量。洛夫為謀篇，而不謀句，此中的動力，自是多年來與詩熱烈的激辯。姜夔詞中所謂「才因老盡，秀句君休覓」，此時得靠多年來「積學以諸寶，酌理以富才」的修養，辛勤寫作的錘鍊。只是我們對他現在的語言張力，有更多的期待。

晚鐘
是遊客下山的小路
羊齒植物
沿著白色的石階
一路嚼了下去

〈金龍禪寺〉這首詩平心而論，就能將中國傳統詩與現代意象主義的詩風相融合。一種幽靜的閒趣，與視覺意象的呈現。聯想呈現意象的隨機跳躍。「羊齒植物」居然也能「嚼」，就表現沿階生長的羊齒植物，隨著遊客下山的視覺而呈現的動態。而由「白色的石階」，忽然想到「如果此處降雪」，不需任何說明，而意趣橫溢，是下山累了嗎？盡在不言中。沒有雪，只有「灰蟬」舞著，因爲時間晚了，又像「灰蟬」把燈火「點燃」。靠兩個意象的引逗，藉其中一個意象的動態呈現，生發出另一個意象，這正是詩人錘鍊意象的功力所在。

總體而言，洛夫相信語言的魔力，想不斷創造出驚人的意象與誇張的視覺效果，是精采動人的。這樣一位與語言搏鬥的詩人，他所交出的一張成績單，自然如一首魔歌，企圖以詩筆來指揮萬物，號令萬物發音——戲劇性的。當這種戲劇性轉向自己，就成了洛夫有自覺性的自我超越。當他越直接地刻畫自己心靈的地層，越描述自己堅持的傲岸性格，在他許多蛻變的鮮明層次上，都構成洛夫詩裡最獨特的魅力，也留下不少的佳篇和警句，風的漩渦，層層疊疊的是向上回旋的力量，洛夫就代表一種雄辯。

洛夫跟語言的搏鬥，終其一生的堅持，成爲現代詩壇的「詩魔」。就這點而言，他至少是成功的勇者。他的古典應更加現代，現代應更加古典，在凝練的詩句中使一切更加熟悉而不復能辨識，而更加在生活的趣味中著墨，這是他晚近詩作所流露出來的矛盾和渴望。

・趙衛民，詩人、作家，曾任聯合報副刊編輯，現任淡江大學中文系教授。

洛夫書目（一九五七～二〇〇七）

壹、詩集

《靈河》一九五七年十二月創世紀詩社出版。次年七月獲台灣「中國新詩聯誼會」贈予之最佳創作獎。

《石室之死亡》一九六五年一月台北創世紀詩社出版。

《外外集》一九六七年八月台北創世紀詩社出版。

《無岸之河》一九七〇年台北大林書店出版。

《魔歌》一九七四年十二月台北中外文學月刊社出版。

《洛夫自選集》一九七五年五月台北黎明文化公司出版。

《衆荷喧嘩》一九七六年五月新竹楓城出版社出版。

《時間之傷》一九八一年六月台北時報出版公司出版。次年獲中山文藝創作獎。

《釀酒的石頭》一九八三年十月九歌出版社出版。其中〈血的再版——悼亡母詩〉，於一九八二年獲台灣中國時報中國文學推薦獎。

《因為風的緣故——洛夫詩選（一九五五——一九八七）》一九八八年六月台北九歌出版社出版，爲洛夫三十二年來的總選集。二〇〇八年一月台北九歌出版社增訂新版。

《石室之死亡——及相關重要評論》一九八八年六月台北漢光文化公司出版。

《愛的辯證——洛夫選集》一九九八年九月香港文藝風出版社出版。

《詩魔之歌——洛夫詩作分類選》一九九〇年二月廣州花城出版社出版。

《月光房子》一九九〇年三月台北九歌出版社出版。次年三月獲國家文藝獎。

《天使的涅槃》一九九〇年四月台北尚書文化出版社出版。

《葬我於雪》一九九二年二月北京中國交誼出版公司出版。

《洛夫詩選》一九九三年三月北京中國交誼出版公司出版。

《隱題詩》一九九三年三月台北爾雅出版社出版。

《我的獸》一九九三年五月北京中國文聯出版公司出版。

《夢的圖解》一九九三年十月台北書林出版公司出版。

《雪崩——洛夫詩選》一九九三年十月台北書林出版公司出版。

《石室之死亡》（英譯本）美國漢學家陶忘機（John Balcom）教授翻譯，一九九四年十月美國舊金山道朗出版社出版（Taoran Press）。
《洛夫小詩選》一九九八年八月台北小報文化公司出版。
《洛夫精品》一九九九年十月北京人民文學出版社出版。
《雪落無聲》一九九九年六月台北爾雅出版社出版。
《形而上的遊戲》一九九九年九月台北駱駝出版社出版。
《魔歌》（書法詩集典藏版）一九九九年十一月台北探索文化公司出版。
《洛夫世紀詩選》二〇〇〇年五月台北爾雅出版社出版。
《漂木》（長詩）二〇〇一年八月台北聯合文學出版社出版。
《洛夫短詩選——中英對照》二〇〇一年八月香港銀河出版社出版。
《洛夫禪詩》二〇〇三年五月台北天使學園文化公司出版。
《洛夫的詩鈔——手抄本》二〇〇三年八月未來書城出版。

貳、散文集

《一朵午荷》一九八二年七月台北九歌出版社出版。
《洛夫隨筆》一九八五年十月台北九歌出版社出版。

《一朵午荷——洛夫散文選》一九九〇年十月上海文藝出版社出版。
《落葉在火中沉思》一九九八年七月台北爾雅出版社出版。
《洛夫小品選》一九九八年八月台北小報文化公司出版。
《雪樓隨筆》二〇〇〇年十月台北探索文化公司出版。
《雪樓小品》二〇〇六年八月台北三民書局出版。

參、評論集

《詩人之鏡》一九六九年五月台灣大業書店出版。
《洛夫詩論選集》一九七七年一月台灣開源出版公司出版。
《詩的探險》一九七六年六月台北黎明文化公司出版。
《孤寂中的回響》一九八一年七月台北東大圖書公司出版。
《詩的邊緣》一九八六年八月台北漢光文化公司出版。

九歌文庫 256

因為風的緣故

著者　洛夫
發行人　蔡文甫
出版發行　九歌出版社有限公司
臺北市105八德路3段12巷57弄40號
電話/02-25776564・傳真/02-25789205
郵政劃撥/0112295-1
九歌文學網　www.chiuko.com.tw
印刷　晨捷印製股份有限公司
法律顧問　龍躍天律師・蕭雄淋律師・董安丹律師
初版　1988年6月20日
增訂新版　2008年1月10月
新版3印　2018年4月
定價　300元

書號　F0256
ISBN　978-957-444-463-2

國家圖書館出版品預行編目資料

因爲風的緣故／洛夫著. -- 增訂新版. --
臺北市：九歌， 民97.1
面； 公分. --（九歌文庫；256）

ISBN 978-957-444-463-2（平裝）

851.486 96023001